文春文庫

ブラ男の気持ちがわかるかい？

北尾トロ

ブラ男の気持ちがわかるかい？＊目次

たしかめたい

愛を探しに

単独行動に打って出る

ガラスの50代

そして人生は続くのだ

ブラ男の気持ちがわかるかい？

単行本　二〇一〇年五月　文藝春秋刊
『全力でスローボールを投げる』を改題

たしかめたい

150キロの豪速球をバントできるか

米倉涼子が豪速球を巧みにバントする金貸し会社のCMがあった。ホームラン狙いではなく、手堅く塁を進めるイメージで「借りるのは返せる範囲にしとけよ」と訴えているのだろうが、なんとなく違和感がある。バントが手堅く決まるのは、打者がプロだからで、あんなに速い球では素人がバントしたって当たる確率は少ないと思ったのだ。当たったとしてもチップして顔面直撃とか、バットに添えた手をかすめれば指の骨が砕かれたりしかねない。

そういう危険も顧みず、キッチリとボールの勢いを殺してみせた米倉涼子。プロも欲しがる逸材である。間違いなくCGだとは思うが。

そんなわけでこのCM、見れば見るほど金を借りるのが危険なことに思えてくる代わりに、バッティングセンターに行きたくなる。

うなりを上げて迫りくる速球、その球筋を見極め、バントを決めてみたい……。

思えば野球からはずいぶん遠ざかっている。最後にバットを振ったのは10年ほど前だったろうか。でも、あのときは草野球をしている子供に混じって遊んでいるうちに「1回だけだよ」と、小学生の投げる球を打たせてもらっただけだからなあ。とするとその前はいつだろう。もしかして学生時代まで遡らなければならないのだろうか。いつの間にか、ぼくにとって野球は観戦するだけのスポーツになってしまっていたらしい。

少年時代から親しんできただけに、野球はもっとも身近なスポーツという印象があった。放課後になると三角ベースで遊んだものだし、小学校高学年になると勇んで少年野球のチームに入った。

大会にも出場した。一番打者だったぼくは1球目をフルスイング。打球が外野を転々とする間に3塁まで進み、高々とガッツポーズをしたものだ。だが、ベンチでは全員がホームへ帰って来いと呼んでいる。え、ぼくがランニングホームラン？　いきなりヒーロー？

迷った。躊躇したあげく、また走り出し、砂埃を上げてホームへ滑り込む。

ずどどど。

「アウトォォォ！」

みじめだった。チームは緒戦で負けた。ベンチを包む失望のため息。

「おまえ、足遅いなあ。一番バッター失格だ」

監督の声が、いまも耳にこびりついて離れない。すっかり自信を失ったぼくは、中学生になったら野球部に入るという目標をあきらめ、次第にバットから遠ざかってしまったのだった。

……それはいい。とにかく久しぶりに野球魂が目覚めたのだ。この機を逃さず豪速球バントに挑みたい。調べてみると、東京ドームのバッティングセンターに時速150キロのマシンがあることがわかった。

これだ。少年時代のあの屈辱と、ケガをも恐れぬ勇気あるバントで訣別する。いいではないか。米倉涼子にできてぼくにできないわけはないのだ。

夕方のバッティングセンターはかなり混んでいた。ここは巨人軍の一線級ピッチャーの球を打つというコンセプトで、投球フォームの映像に合わせて球が出てくるため、よりバッター気分が味わえるのも人気の一因だろう。学校帰りの中学生やカップルに混じり、仕事を早く終えたおやじも熱心にバットを振っている。スイングの速さでは若者にかなわないが、器用にバットを操って快音を発しているのが頼もしい。

150キロマシンはエース上原。さすがに速い。中学生が打っているのを見ても、かなり振り遅れている。ここはまず、高橋尚成の120キロとはいえスピード感があって当たらない。

1球目、チップ。2球目、空振り。120キロとはいえスピード感があって当たらない。3球目でやっとボテボテのゴロ。でも、ここから目が慣れてきて、前に飛ぶようになった。ライナーにはならないものの、恐怖感はない。最後にはバントにもトライ。お、当たる。バントなんて子供の頃にもほとんど経験がないのに、不思議なことだ。140キロに速度を上げても恐怖感は襲ってこない。高橋尚成は打ち頃。そんな気分になる。

調整を重ねるうちに上原が空いたので場所を移り、勝負のときを迎えた。カードを入れて150キロを選択し、打席で呼吸を整える。ふりかぶる上原。さぁこい。ビュッ。空振り。さすがに速い。高橋尚成との格の違いを見せつけてくれるね。

しかし、想像を絶するような速さではない。150キロってこんなものかという感じである。しかもマシン上原、相手が素人だと高をくくっているのか投球フォームに余裕がありすぎる。撮影時、バッティングセンター用じゃなあと気が緩んだのだろう。いまひとつ表情に気迫がこもっていないのだ。当たり前だが、毎球同じフォーム、同じ顔で規則正しく投げ込んでくる。

5球目から当たり始めた。芯で捉えきれていないため腕がシビレるが、10球目からは左腕の高橋尚成のときよりいい当たりが。タイミングが合ってきているのが自分でわかる。打ち始めたときは背後で見ている男たちの目が気になったが、もはやそれも消えた。ゴチャゴチャ考えずにただ打つ。きた球をはね返す。

すっかり頭が少年時代に戻っていた。いい当たりのときはヒットとカウント。ランナー1、2塁で本日最高の当たりが出る。基本中の基本、センター返しだ。今度こそ3塁で止まったりはしない。一気にホームを駆け抜けた。実際には一歩も動いてないんだが。

集中できている。いまなら１５０キロだからどうのこうのと考えずにバットを出せそうだ。恐怖感がないのだから、勇気を振り絞る必要さえない。予想外の連打に困惑し、追いつめられた上原の18球目、少し腰を落としてバントに行く。おお、ファウルになったが当たったぞ。さらにつぎのボールでは、ついに転がすことに成功！

ラスト、力いっぱい空振りして、上原との対決は終わった。三つ子の魂百まで、じゃないけれど、我が肉体は子供時代の野球体験をいまだ覚えていてくれたのである。

しかし、心配なのは上原だ。ぼくにバントを決められるようでは大リーグ挑戦などおぼつかない。野球は気迫であることを示すためにも、今オフには全力投球のフォームを再撮影して、野球小僧たちを存分にビビらせて欲しい（注・上原はその後、セットアッパーとして大リーグで大活躍）。

エッセイ教室に通う

前々から不思議に思っていたことがある。カルチャーセンターなどの常連である文章教室的な講座へは、いったい誰が何のために学びにきているのかということだ。作家になるための文章上達術とか、小説の書き方講座ならまだわかる。目的がはっきりしているからだ。学んだことを生かして新人賞に応募するなど具体的な行動にも結びつきやすい。ジャーナリストやノンフィクション作家の養成講座となると習得した内容の生かし方がムズカシい気もするが、テーマを掘り下げて作品化し、業界に飛び込むなり賞に応募するなりするうちに道が開けることもあるかもしれない。

わからないのはエッセイ教室だ。

エッセイ上手になってどうしようというのか。新聞に怒りの投書でもするのか、はたまた雑誌の読者エッセイ欄への掲載狙いか。わざわざ習いにいってまですることとは思えん。かといって、つぶしもきかんだろうし、エッセイ上手。また、講義のイメージもわきにくい。自己満足に終始し、内容も薄く、文章もヘタ、というような作品を書く受講者を、講師はどうやって指導するのだろうか。

想像ばかりしていてもしょうがないね。エッセイ教室の真実を知る方法はある。受講すればいいのだ。

ということで、初心者向きの講座を探して申し込んでみた。隔週で5回ほどのコースである。初心者のフリをして潜り込むのは気が引けるが、あわよくばエッセイストになれるかもと受講者に期待させ、儲け主義の手抜き授業をしているようなら容赦なく書く覚悟だ。

第1回目、教室のドアを開けると、中にいたのは講師を含め全員女性だった。しかも年齢層が高い。若くても40代くらいで、50歳のぼくでも下から数えたほうが早そうだ。一緒に参加することになった本欄担当者が20代の男とわかったときは、教室がどよめいたもんなあ。ほとんど息子を見る目だったが。

この講座は本来、春から始まるものらしく、途中からの参加は我々のみ。軽い自己紹介が終わると、提出日ごとにホチキスで留められた課題エッセイのコピーを渡され、すぐに講義が始まった。ちなみに、ぼくは古本屋と名乗った。嘘ではないが本業を隠している。編集者はフリーターと、これはまったくの嘘。

「はい、では今日は山田さんからですね。読んで下さい」

講義は、受講者が自らのエッセイを音読し、それについて他の受講者が感想を述べる方式で進められるのだが、これがけっこう遠慮なし。作者を傷つけないよう配慮しつつも、わかりにくいとか、文章がこなれてないとか、やけに指摘が鋭い。見るポイントも細かくて、4行のなかに同じ表現が3度も出てきて興ざめ、みたいなものまである。基本的には講師が指名して感想を述べさせるのだが、「他に意見ありますか」と声をかけると手が挙がりっぱなし。1作品を読み、批評するのになんと20分かかった。エッセイをうまく書くための技術論が中心だと思っていたぼくは面食らうばかりである。指名されたとき、おどおどしてしまったもんなあ。

「えー、ちょっと前半が硬い気もしましたが、とても素直な文章で、ほんわかしていいと思いました」

具体性ゼロ。中学生かよ！

しかし実際、多くの作品は文章もこなれた感じで、生活感もあって悪くないのだ。素人なのだから素人っぽいのは当たり前。延々と家の近所の自然描写が続くエッセイなど、とても自分にできることとは思えず、その観察力に脱帽したくなった。

回を重ねるごとにわかってきたのは、受講者同士のつきあいの長さだ。他界した母親がエッセイに出てくれば、「病気が長引いていることは前の作品でわかっていたけどとうとうお亡くなりに」と涙声の感想が飛び出したりするのである。それとなく聞いてみると、受講者はほぼ全員が延長また延長で受講し続け、10年選手も多いという。

そこまで初心者コースに通い続ける理由は何か。彼女たちはいまや仲間なのだ。人生の短くない時間を共にし、エッセイづくりに励む同志と言ってもいい。彼女たちにとっては、遠慮のない意見を交わす教室での緊張感が貴重なものなのであって、本気で職業エッセイストになりたがっている人などおそらくいない。ライバルも目標も、教室の中にいるんだから——。

そうか、そうだったのだ。エッセイ教室とは、切磋琢磨しながらオノレの能力を磨き、共通の趣味を持つ仲間と知り合い、人生の後半にやりがいを見いだす舞台。そう考えると、エンドレスで延長してゆく気持ちにも納得できる。講師もそのことをよくわかっていて行司役に徹し、受講生同士で作品を批評させようとしているのだと思う。

このスタイルなら緊張感が保て、やるべき課題もあるから日常生活に張り合いも持てるはず。たまにヘンな野心を抱いてやってくるエッセイスト希望者がいたとしても、この場に放り込まれたら、短期間でやめてしまうか、おばさまパワーに巻き込まれて延々継続してしまうか、二者択一。いまさら誰もこの雰囲気には逆らえないのだ。

まいったな。ケチのつけようがないではないか……なんて感心している場合じゃなかった。課題が出たのだ。「虹」をテーマに１２００字。初めてなのだから手書きで原稿用紙に書けという指令である。

絶妙のテーマだ。ぼくには虹についての印象的な出来事などひとつもないが、おばさまたちにとってはストライクゾーンかもしれない。

悩んだ末、ゲイと彼らの象徴であるレインボーカラーをむりやり絡めたエッセイを書いた。そしてとうとう、それを読む順番がやってきた。

「出だしでパッと内容に引き込まれますね。ゲイのこととかも知りませんでしたので新鮮でした」

ほめられているようだが、あんまり嬉しくない。出だしで引き込むなんて職業病みたいなもの。ぼくはもっとモッサリしたエッセイを書きたかった。テーマから逸脱しても筆が止まらないような表現をしてみたかった。でも、できなかったのである。プロの哀しさで、無難にまとめてしまった。

「今日は用事があるので、これで失礼します」

もうここへはこないと思いながら席を立つ。ドアを閉め、小さな声で囁いた。「完敗です。皆さん、ごめんなさい！」

＊左はエッセイ教室で提出した作品。『我が家の序列』はフリーテーマで書いたもので、ペット＋子供という鉄板の組み合わせ。仕事ではけっして書けない、親バカ路線を採用してみた。ふたつ目は本文にも登場した虹をテーマとする文章。

我が家の序列

我が家では猫が一番エライということになっている。正確に言えば、二匹いる猫のうち歳上（十歳）のメスが一番で、その次が親である私と妻、四番目に七歳のオスがきて、四歳の娘が最後である。

順位付けにたいした意味などないのだが、このように決めておくと日常生活が円滑に進むのだ。日常生活をかき乱すのは、まだ分別の備わっていない娘であることが多いので、猫と人間が同居する上でのルールを教えたいのである。

なにしろ子供は見境いがない。相手の気分などお構いなく、猫を見ると奇声を発して追いかけまわす。カーテンの後ろなどに隠れても発見するし、どんどん追いつめて、スキあらば抱きついてしまう。本人にしてみれば遊んでいるつもりなのだが、猫にとってはいい迷惑。そのうち、神経質なメスのほうは、ストレスがたまったのか、血尿まで出すようになってしまった。

娘が義父のところへ泊まって不在の夜になると、本当にのびのびと寝そべって幸せそうにしているところからも、血尿の原因が娘にあることは明らかだ。

娘が二、三歳の頃は、追いかけることが楽しいんだろうとか、動くぬいぐるみの感覚なのだろうと思っていた。しかし、だんだん言葉を覚えて会話が成立するようになると、娘にとって我が家の猫たちはもう少し複雑な存在であることがわかってきた。

「猫ちゃんは小さいから可愛がってあげないといけないんだよ」

そんなことを言う。いじめているつもりなど、さらさらないのだ。

「猫ちゃんは赤ちゃん、アタシはお母さん」

母親になったつもりでもいるようだ。成長するにつれて猫が小さく感じられるようになったのだろう。もっとも、人間とは違う生きものであることくらいは理解できているので、これは一種の〝母親ごっこ〟だと思われる。

娘を天敵のように嫌っているメスと比べると、オスはおっとりした性格で、ある程度まではガマンする。気安くさわることのできるオスは娘にとって友人ということになっているらしい。

「男の子だから元気がいいんだよ。だけど怒りんぼうだから、ときどきいけないことするんだよねー」

引っかかれて赤くなった腕をさすりながら、傷の心配をする妻に対し、〝お友だち〟をかばってみせたりする。

こういう動物への接し方は幼児から児童へと成長する過程なのだろうし、ひとりっこにとっては貴重な経験でもある。しかし、メスが体調を狂わせるとなると放っておくわけにもいかない。そこで、娘が四歳になったのを機に、猫はおもちゃでも赤ン坊でも友人でもなく、家族なのだということを、くり返し教え込むようにしたのだ。

小さく見えても、うちの猫たちはもう大人で、メスはお父さんと同じくらいの年齢であること。オスは親戚のおじさんくらいであること。そして彼らは娘が生まれる前から我が家にいて、娘が生まれたときからのことを全部知っていること。彼らにはそれぞれ気に入った場所があり、そこでジッとしているからといって退屈しているわけではないこと。

「ふーん、そうか。じゃあアタシは何番目？」

「五番目」

「五番目かあ。猫ちゃんは？」

「一番目と四番目。だから叫ぶんじゃなくて遊んでね、とお願いして、そっとさわったりなでたりするんだよ」

はーいと返事した娘の背後を忍び足で二匹が通り過ぎようとする。とたんに興奮して大声を出す娘。ぎょっとして固まるオスと、ダッシュで逃げ出すメス。どたどたと娘が追いかけ、また運動会が始まった。

やれやれ、当分、我が家の序列は確立されそうにもない。

オスカー・ワイルド書店の虹

もしかしたらという予感はあった。なにしろ店名がオスカー・ワイルド書店。戯曲「サロメ」や童話「幸福の王子」で知られる作家にして、同性愛の罪で投獄された悲劇の作家である。ニューヨークのグリニッジ・ヴィレッジでワイルドを店名にするからには、ひとクセあるところだと考えるのが自然だ。

かなり長い間、店の前で躊躇《ちゅうちょ》したのは、どこかに同性愛者への偏見があったからだろう。それでも好奇心にはさからえず、重たいドアを開けて中に入った。とたんに目に飛び込んでくる、おびただしい種類の同性愛雑誌やその種のミニコミ、チラシ類。奥のほうに並ぶ本棚には、ワイルドを始めとする同性愛作家たちの作品が、きちんと整理されて収められているようだ。

中央のテーブル付近では、女性同士のカップルが、指を絡めて見つめあっていた。さらに、ミニコミ誌を手に何事か話しあっている男性グループもいる。ここは同性愛者たちのコミュニティ・スペースにもなっているようだ。

つまり、客らしい客は僕ひとりなのである。

その日、僕はせっかくニューヨークへきたのだからと、新刊書店や古書店をせっせとまわっていた。すでにデイパックはパンパンで両手には紙袋。どう見ても、ただの本好きオヤジである。本屋だからそれでいいはずなのだが、この店ではどうにも浮き上がってしまい、身の置き処がない感じがした。でも、せっかくきたのだから、棚をひとめぐりしてみたい……。

入り口のそばでとまどっていると、様子を察したらしい男の店員が〝わかっているよ〟という顔で近づいてきた。ここはどんな人も歓迎する、だからリラックスしなさいと言う。そして、ドアの外を指差しながら、レインボー・フラッグ云々とつけ加えたが、さっぱり意味がわからない。僕の語学力は中学生並みである上、同性愛についての知識も皆無だったからだ。

それでも店員は粘り強く説明を続ける。ここグリニッジ・ヴィレッジのクリストファー通りは、60年代に同性愛者が警察の暴力に抵抗して戦った場所であること。それをきっかけに、アメリカにおける同性愛者たちの人権運動が始まったこと。だから、ここは単なる書店ではなく、自由の象徴として存在意義のある店だということ。

30分ほどの〝講義〟を終えると、店員は僕の肩を優しくたたいて言った。

「オスカー・ワイルド書店へようこそ！」

外にでると、赤、オレンジ、黄色、緑、青、紫の順に鮮やかに染められた〝虹〟が風に吹かれていた。性の多様性を表す象徴として虹が使われていることを、僕はこの店で初めて知り、日本へ帰ってからもたびたび目にすることになる。そして、そのたびに、あの親切な店員のことを思い出し、またニューヨークに行ってみたいと考えてしまう。

中高年向けパーティーで本気の相手と出会えるか

今年に入って、知り合いの女性から立て続けに同じ相談を受けた。

「どこかにいい独身男いませんか。いたら紹介してください」

よほどのことである。

ぼくは世話好きでもなく、顔が広いわけでもなく、他人の恋愛話にも興味がない人間。これまでの人生で、恋愛の悩みを解決に導いたことは一度もないという、じつに頼りがいのない男なのである。

そのことは相手もよく知っているはずなのにこのセリフ。すでに相談に乗ってくれそうな相手にはあらかた声をかけ、思わしい結果が得られなかったと考えるのが妥当だろう。かなり追いつめられている。事態は深刻なのだ。

20代の頃のように、学歴がどうとか収入がどうとか高飛車なことは言わない。普通にいい人ならありがたくと思っている。しかし、それでも相手が見つからない。というより出会うチャンスがない。平日は仕事が忙しくて自分の時間が持てず、休日はゆっくり寝て掃除洗濯のルーティンワークをこなすともう夕方。どこかへ出かける気力も失せている。

「かといって結婚相談所みたいなとこは抵抗がある。ちゃんと恋愛して、結婚にたどり着きたいのよ」

彼女たちは一様に異性と知り合う機会の少なさを嘆き、吐息をつくのだった。

この問題、男だって事情は似たようなものだろう。仕事に追われているうちに、気がつけば40代。結婚する気は十分あるが、周囲に女性の影すらないというようなケースだ。離婚経験者にも縁があればもう一度と考えている人はいそうである。

ニーズがあるのだから、中高年の出会いを演出するビジネスが存在したっておかしくない。そう思ってネットで調べてみたら山ほどあるではないか。出会い系サイトのような怪しい物件もあるので警戒心を抱く人が多いのだろうが、真剣さの漂うものも少なくない。なかでも中高年専用のお見合いパーティーというのが目を引いた。

出会いを求めて集まる男女が、この人こそはと思える相手を探す場だと推察できる。目的は双方とも結婚につながる恋愛相手の獲得。はっきりしているのがいい。年齢層の絞り込みも、かえって安心感がある。

現場はどんな感じだろう。互いを見極める視線のキビシさ、真剣さは半端じゃないはずである。遊び半分じゃ通用しないガチンコの世界なのではないだろうか。

選択基準はどうか。若い頃のようなルックスや学歴重視とはひと味違うものだろう。なにしろ人生の伴侶を見つけようというのだ。男と女という単純な目線ではなく、この人と家庭を持ったら、というアングルが含まれてくる。たとえば男なら仕事や収入といった現実的な側面だけじゃなく、包容力とか誠実さとか、人間的な魅力が問われること必至だ。

う〜ん、興味あるね。ぜひ参加してみたい。ネックはぼくが既婚者で参加資格がないことだが、審査のゆるいパーティーなら大丈夫だろう。

数ある候補の中から職種や年収を問われない初心者向きのものを選び、独身者を装って電話してみた。参加資格は男が40〜52歳、女が37〜49歳となっている。

「初めての方のほうが多いくらいですからご安心ください。かなり人気で、すでに女性の方のお申し込みも多数あります」

やや調子のいい口調が気になるが無難な受け答え。怪しい気配は感じられない。

「失礼ですが年齢は？」

「50歳です。あの、服装はどういうのがいいんでしょうか」

「日曜日ですからスーツでは堅苦しいかもしれないですね。カジュアルな格好でいいと思いますよ」

思いのほかあっさり参加が決まったが、既婚者のぼくではもうひとつリアルさに欠けるので、身近な独身男二人を誘ってみた。両者とも40歳、彼女なし。未婚のKとバツイチのMである。自分のことは棚に上げ、〝真剣な出会いを求めていないなら参加不可〟としたのだが、二人とも即参加を表明したから驚きだ。お見合いパーティーのシステムを知りたいとか社会勉強のためと言うのだが、その目が本音を語っている。


当日、会場のある銀座で待ち合わせた。先にやってきたのはジーンズにブレザー姿のM。一見、普段着に見えて、考えた末のさわやか路線に本気度が感じられる。

「ヘンですかヘンですか。軽い男と誤解されたら心外だなあ」

遅れてKも到着。こっちは手堅くダークスーツでまとめ、いかにも誠実そうな印象だ。

「何を話せばいいのかわからない。なんだか緊張しますね」

テンションが上がってきたところでいざ出発。ここから先、我々は赤の他人だ。ぼくは必然的にカヤの外だが、MもKも遠慮はいっさい無用。意中の女性にアタックし、うまく行きそうならパーティー後どこへ行こうと自由である。ぜひとも、いい出会いをつかみ取ってほしい。

会場はビルの上階。エレベーターを降りると、参加者らしい中年男性が必要書類に氏名などを記入していた。それに倣って受付に行き、参加費と交換に名前入りの番号札とカード数枚が配られる。ぼくは10番。すでに時間ギリギリだから、男女10名ずつということなのか。手頃な人数だな。そんなことを考えながらドアを開けると……。

薄暗い照明の中、みっちりと人がいた。40名以上の男女がテーブルをはさんで向かい合っている。

「もう始まっていますよ。すぐに空いている席にお座りください」

進行役らしき茶髪のアニキが耳元でささやいた。しまった、出遅れたか。MとKはすでに席を確保したらしく、左右に分かれて座っている。ならばぼくは奥へ。と、マイクを持ったアニキが言う。

「さあ、男性は左隣の席に移動してください。時間はひとりにつき1分しかありませんので、できるだけ積極的に話しかけてくださいね！」

ねるとん形式なのか。確かに世代的にドンピシャではあるが、わずか1分で何が話せるというのだ。

「プロフィールカードを交換するので、まずそれを書いたほうがいいと思いますよ」

うろたえるぼくに、目の前の女性が言った。なるほど、それを会話の手がかりにするのか。やっとシステムを理解したが、礼を言う間もなくアニキの非情な声が飛んでくる。

「はい、席替えです！」

アニキの合図で、男たちは自分の席で待機する女たちの前に座り、プロフィールカードを交換して会話する。だが、与えられた時間は1分。じつにせわしない。挨拶してカードを交換し、相手の情報を見るだけで半分経過。何を尋ねようか口ごもったりしたらもう残り10秒だ。

「医療関係の仕事ですか。そうか、医療関係というと病院勤務とか」

「いいえ、薬品関係です」

「あ、あ、薬品、なるほど」

ブー、席替え。

「古本屋さんなんですか」

「ええ、まあ」(嘘ではない)

「本が好きなんですね」

「ええ、まあ」

ブー、席替え。

人数の関係でゆっくり喋れないのは仕方ないとしても、これってどうなんだ。このラウンドでは第一印象をつかむことに徹せよとアニキは説明するが、これでは相手のルックス、声、年齢と職業を知るのがせいぜい。自分と合うかどうかの判別など不可能だ。ペースをつかめないまま数名と会話したところで1回休みとなった。男の人数が多いためときどきそうなるのだ。人数くらい合わせろよと言いたくなるが、ここは冷静さを取り戻すことが先決だろう。

ここまで、ぼくはまったく自分をアピールできていない。もっと積極的に行かねばならん。どうするか。とりあえず、どういう思いで今日ここに参加したのか聞いてみるか。答えによっては、この種のパーティーにありがちなサクラかどうかもわかりそうだ。よし、これに絞ろう。

つぎの相手は38歳、趣味ドライブ女性。座るなり質問だ。

「こういうパーティーはよくこられるんですか?」

「ええ、何度か。でもこんなに混んでいるのは初めてです」

じゃ、いつもはもう少しゆっくり話せるんだ。

「はい。ところで50歳なんですね。離婚されたんですか」

ぐ。切り返されたか。しかもいちばん触れられたくない部分だ。

「いえ、離婚歴はないです」

ブー、よかった席替えだ。ホッとしてどうするよ！

苦戦を続けているのはぼくだけじゃない。何を喋ればいいのかわからないのだろう、ほとんどの男から生気が抜けているのだ。なかには早くも戦線を離脱したのか、端の椅子に腰掛けたまま微動だにしないオヤジもいた。まさかこんな展開だとは予想していなかったのだろう。こんなパーティー形式じゃ持てる力を発揮できるわけがないと絶望しているのだ。オレたちは真剣な出会いを求めてきたんだ。中高年をナメるんじゃないよ。その怒りはわかる。わかるけど、見切りが早すぎないか。せめて一回りしてから態度を決めてもいいのでは。

逆に動きのいいオヤジもいる。ぼくの左隣にいるオレンジ野郎だ。座るなり「離婚の経験は？」とズバリ斬り込み、答えがノーだと「相手の条件はありますか」と畳みかける。照れなどゼロ。その間、手はメモをとりっぱなしだ。慣れてる。オレンジ、中高年向けパーティーのベテラン選手なのか。でもベテランになるってことは出会えてないことの証明でもあるわけで……。

一回りすると、気に入った相手の番号を書いてスタッフに渡し、つかの間のブレイクを経て、自分に興味を持った相手が誰なのかを知らされる。で、ここからは興味を持った相手を中心に話したい相手と話すフリータイム。アニキの檄が飛ぶ。

「さあ皆さん、お目当ての異性のもとへどうぞ！」

今度は持ち時間ひとり5分ほど。ここが勝負どころとニラんだ男たちが一斉に動き出す。早い者勝ちなので、ルックスのいい女性は即座に3人ほど列ができ、残りもすぐに埋まっていく。KとMはどうか。姿を探すと、Mはうまく相手を確保したようだがKがいない。

いや、いた。暗い目をして椅子に腰掛けていた。どうしたらいいかわからないし、そもそもなぜ自分はここにきてしまったのかと自問自答しているようだ。まずい。と、相手を代えるタイミングでKが素早く女性の元へ動いたではないか。見ると、ふがいないオノレに鞭打つように弾けた感じでトークしている。ただ相手がなあ。Kが突撃した女性は、ぼくがサクラ臭いと判断した、やけに饒舌な女なのだ。

案の定、しばらくするとKは再び椅子の人になり、もうピクリとも動こうとしなかった。動かないと言えば端のオヤジもすごい。パーティー開始以来、一度たりとも席を離れず、いまでは深く目を閉じ瞑想状態に突入している。あれほど活発だったオレンジも、気がつくと壁男に。人事を尽くして天命を待つ気分なのだろうか。いや、それにしては雰囲気がダークだ。おそらく今回もまた、これはという相手を見つけられなかったのだろう。

パーティーはその後、二度目のフリータイムを経て意中の異性をカードに書かされ、最終的に数組のカップルが決まって終了した。これ、いちおうの結果を出したかに見えるがそうじゃない。アニキがしゃあしゃあと言うのだ。

「お茶を飲みにいくなり電話番号を交換するなりしてフォローしないと、あなたの顔など間違いなく明日には忘れられてしまいます」

部外者のぼくでさえムカつくほど参加者をナメた態度である。勇気を奮って参加した中高年の切実な気持ちなど、アニキは考えたこともないだろう。手軽に金儲けしようという魂胆だけがミエミエだ。それを見抜いてか、カップリングに成功したオヤジのひとりが呟いた。

「すべての女性がサクラに思えてきますね。食事をおごらせてそれっきりじゃないかな。私、この後でもうひとつ別の会に申し込んでいるのでそっちに行きます。私は遊び相手じゃなく結婚相手を探したいので」

掛け持ちかよ。でもオヤジにはわかっているのだ。いまの出会いが〝偽物〟であることが。どこかにあるかもしれない〝本物〟を求め、オヤジの旅は続く。成功を祈る！

外に出て待っていると、ＭとＫが意気消沈してやってきた。Ｍは善戦虚しく、Ｋは最後まで流れに乗れず、両者討ち死にである。パーティーのひどさを批判するのはたやすくても、最終的に女性からの指名がなかった事実は隠せない。赤の他人から友人に戻ったＭとＫは、傷ついた心を酒でいやすべく、肩を並べて消えていった。

今夜はふたりとも荒れそうだ。

ゴルフ接待ってどんな感じか

日々の暮らしで見聞きすることの中に、ときどき「ん？　何だよそれ」と気になるものがある。素朴な疑問、喉に刺さった小骨みたいなものだ。どっちにしても、放っておけばいずれ忘れるし、べつに困らない。

でも、わからないままやり過ごしてばかりってのはどうなのか。ときには自らの手で小骨を引き抜く姿勢ってもんがあってもいいのでは。大したことはできないにしても、やはり我が目とカラダで疑問に挑んでみたいと思う。

そこで、元防衛事務次官・守屋モンダイである。といっても、業者とキャリア官僚の癒着、政治家の絡みなどについてじゃない。いや、それもあってはならないことだが、ぼくの喉に引っかかったのは、通算５００回以上とも言われるゴルフ接待なのである。

テレビのニュースや新聞報道で、当たり前のように使われるこの言葉の意味が、ゴルフに縁のないぼくにはいまひとつピンとこないのだ。

接待というからには、タダでゴルフができ、送迎や土産もついて至れり尽くせりだったのだろう。でも、それだけで500回もゴルフ場に行くか？　守屋、そんなにヒマ人か？

山田洋行の宮崎元専務による接待ゴルフ漬けが始まったのは98年頃とされるから、単純計算で年間50回以上。驚異のハイペースである。週に一度はコースを闊歩。しかも、いつもいつも宮崎と一緒。他にうかつなメンバーも誘えないわけだから、癒着というより超マンネリだ。ゴルフが好きだから喜んで誘いに乗った、という説明では納得できないものを感じてしまう。そこには、エリート官僚を虜にする、もっと強い誘惑があったに違いない。

そう考えると、ゴルフに続く言葉である〝接待〟が気にかかってくる。その道のプロである宮崎は、一般人の想像を超えたもてなしをしていたのかもしれない。

でも、どんなもてなしだ？　タダの魅力なんてすぐ慣れっこになるだろうし、土産なんてタカが知れている。ヨイショが凄い……だけじゃ無理だよな。じゃあ賭けか。賭けゴルフのスリルなのか。でも、妻同伴が多かったというからその可能性も低い。そもそも守屋、妻より下手だという噂だし。

ぼくがディレクターなら、このふたりをモデルにした〝接待ゴルフの神髄〟を番組化したいが、そんな動きはどこにもない。すでに世間の関心は防衛省全体に広がった感があり、ゴルフ接待についてはこのままフェードアウトしそうな気配が濃厚である。

う〜ん、考えていてもラチがあかないね。報道が教えてくれないなら、自分が接待されてみるしかない。そうすれば守屋の気分が少しはわかるはず。ということで、週刊文春にその旨を伝えると……。

「絶好の人材がいますよ。文芸担当で、接待ゴルフをやらせたら我が社でも右に出る者なし。3Gと呼ばれる男です」

3G？　ゴルフと銀座と……。

「祇園です」

渋い。そこまで押さえているとはさすがだ。ぜひ、ぼくを接待していただきたい。まったくの未経験者をゴルフの世界にひきずりこむテクニックを、存分に披露してほしい。何しろこっちはゴルフに興味がなく、ルールも知らない上、年寄り臭いスポーツだという偏見にも満ちている男。3Gにとってもラクな相手ではないだろう。自慢にならんが。

これで話は決まったが、いくらなんでも球が前に飛ばないことにはプレーにならないので、練習場に行くことにした。シューズと手袋だけ買って、クラブはゴルフ場に同行する編集者のお下がり。で、何をしたかと言えば、レッスンプロから30分間の指導を受けた。基本中の基本だけは、きちんと習ったほうがいいという3Gからの指示である。

「クラブの持ち方からだね。スタンスは肩幅で。はい、打ってみて」

ブン。空振りである。

「力抜いてゆっくり」

ボテ。かすっただけである。

「……もう一度」

寡黙なプロだった。余計なことは何一つ言わないどころか、全身からやる気のなさを漂わせている。それでも見るべきところは見ていて、ときどき与えられるアドバイスを信じて打つと、ボールがちゃんと飛んでいくから不思議だ。

「いいですね、その感じで」

30分はすぐに経過し、プロはやれやれという顔で足早に去っていった。げ、これだけかい。あせりつつ居残り特訓するも、めったにいい球は打てない。そのうちマメができ、どうにもならなくなってしまった。

予想外だ。うまくやろうなんて欲張ってはいなかったが、前に飛ばすくらいはすぐできると思っていたのだ。これはまずい。同行した編集者は、当たったほうだとなぐさめてくれるのだが、まったく嬉しくない。

そんなぼくの状態にはおかまいなく、３Ｇは着々と〝接待〟の準備を進めているようだ。ゴルフは４人一組でまわることが多いらしいのだが、３Ｇ、編集者、ぼくに続く最後の席に、なんと社長が加わるという。まるで大作家のような扱いではないか。正直、プレッシャーである。

翌日になると、編集者からゴルフコース決定の連絡が。わざわざ、ぼくの自宅から近いところを選んでくれている。あいにく、当日は妻がクルマを使う日なのだが、タクシーでも30分あれば行けるだろう。

「何言ってるんですか、〝勝負〟はもう始まってるんですよ。当日の朝、３Ｇが自らハイヤーでお迎えに行くとのことです」

そうか、ゴルフ接待は送迎付きが常識だった。３Ｇまでこなくてもいいと思ったが、現地につくまでに、ぼくが恥をかかないよう、マナーを教える狙いがあるようだ。

さらに本番前日、２度目の打ちっぱなし体験をしているところへ、３Ｇからの伝言が届く。

〈コートは不要です。襟のあるシャツにジャケットだけご用意下さい〉

帰りも自宅まで送る、なんてストレートな物言いは避け、コートは不要……。なかなか出ないよ、このセリフは。慣れてる。3Gは明らかに本物。0番ホールはぼくの完敗だ。

当日は雨。気温も低い。こんな日に朝からゴルフなんて信じられない。寒さ対策にホッカイロをベタベタ貼って待機していると、静かにクルマが停車し、チャイムが鳴る。

「お迎えに上がりました」

ドアを開けると、にこやかな表情で3Gが立っていた。

「練習の感じはいかがでしたか?」

人生初ゴルフ、しかも接待。慣れないジャケットを着込んだぼくの緊張をほぐすべく、3Gのトークが滑り出す。天候の話、ゴルフ場でのマナー、自己紹介までよどみのない流れだ。また声に何とも言えない艶があってね……。いかん、早くも3Gの世界に引き込まれかけてる。

学生時代に遊びで始めたゴルフがたまたま文芸編集者になったら役に立ったと3Gは言う。いまでは作家の接待や各種コンペが仕事の一部と化し、年間50日もゴルフ場で過ごしている。本人によれば自慢できるほどの腕じゃないそうだが、アベレージ80台後半、調子が良ければ85でまわるというから素人離れしているのは確か。年齢はどれくらいだろう。脂の乗った中年紳士。落ち着いた雰囲気から察するに、ぼくより少し上の50代前半あたりか。

「そう見えますか、北尾さんより1学年下ですよ」

驚愕した。同じ時代に育ち、職種こそ違えど同じ出版界で生きてきたのが信じられん。ゴルフ、銀座、祇園……、まったく縁がないもんなあ。

そんな3Gの目に、山田洋行の宮崎元専務はどう映っているのか。

「ゴルフは相当うまいはずですよ」

自在にスコアが調節できるレベルなのは間違いないという。接待される側もバカではないから、わざと負けてもらったって嬉しくない。その心理を読み、ある程度接戦に持っていって負けてあげたり、たまには勝ったり。プロの接待とはそういうものであるらしい。てことは、「ナイスショットォォ！」と大げさに相手をほめるようなことは……。

「いまどきの接待ゴルフで、それはあり得ないですね。グリーン上で密談みたいなパターンも少ないんじゃないかな。たとえば私が作家の先生をゴルフにお誘いするようなときも、ぜひウチで書いて下さいなんてナマ臭いこと、絶対言いません」

名門Yゴルフ倶楽部のロビーで社長と落ち合い、編集者を加えた4人でコースに出る。第1ホールはいきなりの525ヤード、パー5。グリーンがまったく見えない。練習でさえ当たらないドライバーじゃ話にならんだろう。ヘボなショットでみんなをガッカリさせたくない。多少はマシだった6番で、ボールを前に進ませることを目指すか。

カツッ。お、当たったではないか。非力ながらまっすぐ飛んでいったぞ。さぁどうする3G。無難にナイスショットと声をかけるのか！

違った。声をかけたのは社長と編集者で、3Gは一拍置いてこんなことを言うのだ。

「6番アイアン。いい選択ですね」

しかし幸運は続かない。ミスショット連発。パターの打ち方もわからず、このホール13も叩いて終わった。と、うなだれるぼくを一言で生き返らせる。

「心配ありません。北尾さんは距離感がいいからすぐうまくなる」

もうね、心臓をわしづかみにされましたよ。3Gは初心者の心理がわかっているのだ。

こうした細かい配慮は場の空気をも変えてしまうのか。4ホール目になると、キャディーさんの態度が明らかに変わってきた。

「北尾さん、初めてなんですって？　いやー上手だわ。初めてで空振りもせず打てる人、滅多にいませんよ」

キャディーとしては当然、社長を主役だと思ってスタートしたはず。ところが3Gはもちろん社長まで、なぜかぼくを盛り上げようとしている。そこで方向転換を図ってきたわけである。ミスショットのたび走りまわれば「マナーがわかってる」と持ち上げ、たまに当たれば「その調子」と励まし、「今日はスコアなんか気にしないの！」と叱咤する。かと思えば「足の位置が違う」とストレートな指摘も。でも、すべてが的確なので、ぼくは腹が立つどころか感謝の念で一杯。

見事だ、見事すぎる。まるでキャディーに接待されているような気になってきた。待てよ、そういえば3G、序盤にキャディーと何か話をしていたな。あれだ。３Gはあそこでポチ袋でも渡すか、少なくともぼく中心で動くよう頼んだに違いない。キャディーを操ることで自分がわざとらしくもてなす必要をなくすための技なのか。深いなあ……。ゴルフを毛嫌いしていたぼくだったが、前半が終わった頃には意識まで変化。悔しいのである。思うに任せないことが情けない。そのぶん、うまくいったときは快感も大きい。大のオトナが夢中になる気持ちが、少しだけれどわかってきた。

守屋元事務次官も、こういうところから徐々にゴルフの、宮崎のトリコになっていったのかも。宮崎は、ゴルフ程度のワイロでどうこうしようとせず、自分も楽しみながら、〝友人〟に徹した。権力者と出入り業者の枠を超えた、さわやかなつきあい。だから500回も続いた、そう考えるのが自然な気がする。

３Gを見ていても、楽しそうに打ってるもんなあ。下心があるうちはまだまだ、とでも言いたげだ。

それでも締めるところは締める。ぼくはこの日、〝OKボール〟に注目していた。カップまでわずかな距離に達すると、入ったことにする特殊ルールだ。常識的には仲間内で1メートル以内だが、スコアを崩させたくなければ、もっと遠くてもOKを出すことがあると聞く。もし、3Gがその手を使ってきたら「OKなわけないでしょ」と嫌みのひとつも言ってやろうと身構えていたのだ。

そぶりすらなかった。何度も屈辱的なパットを打たされ、1メートルでようやくOK。みじめなもんだ。

が、たまに1メートル以内でもOKが出ないことがある。そして、そういうときはなぜか一発で入る。傾斜がないのだ。初心者には1度でも多く、ゴルフの快感を味わわせること。3Gの狙いは一貫している。

後半、さんざん苦しんできたバンカーから、うまくピンそばに寄ったときなんて、自分のことのように喜ぶもんなあ。

「器用ですねえ。小技はセンスだから、練習したからってうまくはなれないんですよ」

とろけるかと思いましたよ。

プレー後は一緒に入浴して裸の付き合い。ハイヤーが我が家に近づいたところで、3

Gは最後の仕上げにかかった。

「どうでしょう、少し練習していただいて、数カ月後またお誘いしたらつきあっていただけますかね」

誰がこの誘いに首を振れると言うのか……。逆らう気力さえ失せ「はあ」と頷くだけである。

人はなぜ縁切神社に向かうのか

本連載のイラストを描いている南奈央子さんと食事をしていて、彼女の出身地である京都の話題になった。昨年、何度か観光地めぐりをしたのだが、もっとディープで変わったところはないか。そんな話である。

「それやったら、縁切神社に行かはったらどうですか。すごい負のオーラが出ているところなんですよ」

縁切神社？　鎌倉の東慶寺がそうだっけ。その昔、カップルで行くと必ず近いうちに別れることになるからやめたほうがいいと、誰かに教えられた覚えがある。神社じゃないけど。

「縁切神社いうのは本来、悪い縁を切り、良縁をもたらしてくださいとお願いしにいくところと違うかなあ。京都の縁切神社にはそういうお願いを具体的に書いた絵馬とかがたくさんあって、目眩《めまい》がしそうになるんですよ。一度見てほしいわぁ」

南さん、友達におもしろいと聞き、興味本位で見に行ったそうだ。

「離婚したいとか亭主と死に別れたいとか、ホンマに身も蓋もない内容だらけで……。人間の〝業〟を感じさせてくれる場所でした」

ここまで言うからには、かなりの衝撃を受けたのだろう。〝業〟が渦巻く場所か。いったいどんな怪しさなんだ。これはいつか我が目で確かめに行かねばなるまい。

いや、いつかではダメだ。いつか、いつかで終わってしまったことが、これまでいくつあったと思ってるんだ。思い立ったが吉日。すぐ行け、南を信じて西へ急げ！

翌週には京都の地を踏んでいた。ふだんはノロマなのだが、俗っぽい興味を惹かれたときだけは素早い。テンションも上がっているのか、京都駅からためらうことなくタクシーに乗車。「縁切神社まで」と告げる。

「ああ、金比羅さんですね」

運転手によると、正式名称は安井金比羅宮というらしい。場所は八坂神社の近くで、地元では女性に知名度が高いとのことだった。

「はい、ここですわ」

ん、このモヤモヤした気配は何だ？

タクシーを降りるなりそう思ったのは、先入観のせいだけではあるまい。午前中の日差しを浴び、通りにはさわやかさがあふれているのに、縁切神社だけが薄いベールに包まれたような、重苦しい雰囲気なのである。周囲を固めるのがラブホテル群というのも、うらぶれ感を強調している。ロケーションのせいか、人目を忍んで男とホテルで会った中年女性が、帰り際、不倫相手が離婚することを願かけにくるという昼メロっぽいストーリーが脳裏をかすめた。

鳥居をくぐって細い石畳を抜けると、妙なカタチをしたトンネル状のものがある。近寄ると、無数のお札が貼付けられた〝縁切り縁結び碑《いし》〟というものだった。お札は無料で、好きなことを書いて自分で貼付けるシステム。二人連れの女性観光客がトンネルを往復している。往で悪縁を切り復で良縁を結ぶというわけだ。で、最後にお札をペタリ。これだけを見れば、牧歌的な光景である。

だが、そんなのはうわべのこと。地層のように貼り重ねられた、厚さ5センチは下らないお札が観光気分を吹き飛ばすのだ。見よ、悪縁を切りたがる人々の憎悪の声を。

〈和之と離婚できますように。浩平と結ばれますように〉

〈32年間もずっといじめられ、これから先を思うと不安なので、どうか○○（夫の名）

と早く縁を切れますよう〉

願いの中心をなすのは離婚。これを読んだ後では、ダイエット祈願など子どもの遊びにしか思えない。

〈ムダな脂肪と縁を切り、良縁に恵まれますように〉

気持ちはわかるが、まだまだ修行が足りないよって感じだ。

他にもいろいろある。

〈細田が早く転勤しますように。できれば病気にでもなって苦しみますように。とにかく目の前から一刻も早く消えて！〉

同僚への憎しみが火山のように噴き出す最後がいい。縁切神社にくるべくしてきたんだ、この人は。

〈加納○○と加納△△（旧姓田中）が離婚しますように。加納○○が浮気し、それがバレ、ぼくと田中△△が家庭を持つようお願いします。彼女はぼくと結ばれるべき人です〉

これまた、自己中心的にも程がある願いだ。が、縁切神社の祈願者がそこらの自己チューと格の違いを見せつけるのは文面ではない。

皆、本名なのである。縁を切りたい相手の名も、自分の名も、フルネームで書かれているのである。どこの誰が見るかもしれないというのに、自分の住所まで記したものも珍しくない。関係者が見たら一発でバレること必至だ。

凄すぎる。常軌を逸した本気度だと思う。

お札でそうなのだから、金を払って買う絵馬にドロドロした情念の世界が広がっているのは間違いのないところだ。引き返せば良かった。が、恐いもの見たさも手伝ってつい……。ホラー映画かよ！

一段と激しい。不倫相手の離婚祈願、姑への罵詈雑言、息子夫婦の離婚を望む親、有名企業社長への名指し攻撃。ありとあらゆる憎しみが集結している。

中でも目をむいたのは、お揃いの絵柄に同じ文面を書き、最前列に堂々とぶらさげられた絵馬だ。ぼくは、その場に立ち尽くすしかなかった。

〈夫◎◎との縁を断ち切り、磯辺〇〇との良縁に恵まれますように　山本△△〉

〈妻××との縁を断ち切り、山本△△との良縁に恵まれますように　磯辺〇〇〉

どう見たってW不倫のカップルだ。なぜにここまで。情事後のノリだけではできんよ。

二人は祈願の後、それぞれの家庭に戻り、何気ない日常生活を演じているのだろうか。本名でここまでやるガッツがあるなら、具体的な行動は時間の問題か。それとも、それができないゆえの縁切神社参りか。

それにしても、ここにいると疲れる。せっかくだから、ぼくもお札を貼っていこう。ペンを取ったが、縁を切りたい相手が思い浮かばない。本名をさらすリスクを冒してまで憎悪する相手が、ぼくにはいないことに気がついた。しょうがないので適当なことを書いてトンネルをくぐってみる。

〈悪縁につきまとわれないよう、徳を積みたい〉

迫力ゼロだな。〝業〟の深い方々が、ぼくはちょっとうらやましい。

午後9時の座禅カフェにて

朝、つけっぱなしのラジオから発せられる聞き慣れない単語に、我が耳が反応した。座禅カフェ。日比谷の地下に60畳の禅室を備えた癒し空間がオープンしたという。もちろん主役はカフェではなく座禅である。

う〜ん、違和感あるね。女性を中心に座禅が注目されていると聞いたことはあるが、それはあくまで禅寺に出向いてのものだったはずだ。受け入れる側も、よろしければいらっしゃいという構えで、目的はおもに禅の普及だったろう。座禅カフェはそこにビジネスの匂いを持ち込んだことになる。

日比谷の一等地は家賃が高そうだ。イケルという確信がなかったら開業できんよ。場所柄、狙いはＯＬやビジネスマンだと思われるが、そんなにニーズはあるのか。仕事帰り、座禅に癒しを求めなければならないほどストレスきついのか。それとも「今晩ちょいと組んでく?」みたいな、ナンチャッテ修行なのだろうか。気になるところだ。

座禅は経験がないが、キャンペーン期間中は安く試せるというので行ってみることにした。カフェを兼ねたロビーで待つことしばし、渡されたのは作務衣《さむえ》である。カラダを締め付ける衣服は避けたほうがいいそうだ。いやいや、座禅と作務衣のW初体験とは。今日はついてるのか。関係ないか。でも作務衣に着替えることで、かなり気分が切り替わるのは確かである。日常を脱ぎ捨て禅の空気をまとう、ナンチャッテ。いかん、少し舞い上がっているようだ。

禅室に入ると、おだやかな表情をした僧侶が待っていた。5名の現役僧侶が日替わりで指導を受け持つシステムらしい。

参加者は10名ほど。ぼく以外は全員女性である。だが、会員は男性のほうが多いという。もう少し遅い時間にすれば、ビジネスマンと一緒に座禅がやれたのか。惜しかった。しかしまあ、こうして女性のなかに堂々といられることなど日頃ないので、どっちを取るかと問われたらこっちだな……ごちゃごちゃうるさいよ!

「皆様、よくおいでくださいました。これから90分コースの座禅会を行います」

僧侶の挨拶で、いよいよスタート。ルール説明から始まり、間を取りながら25分程度の座禅を2回、最後にお茶をいただいて終わる流れだと説明を受ける。座り方は、あぐらのカタチから右足、左足の順でもの付け根までのせる結跏趺坐《けっかふざ》が正しいが、ぼくはカラダが固いので左足だけをのせる半跏趺坐でやることにした。単と呼ばれる座布団に腰を下ろし、背骨を伸ばして腰を安定。手を足の上で組み、半眼で視線を斜め下に降ろす。教えられるまま、慣れない姿勢を取ったところで第一ラウンドが開始された。

深く腹式呼吸をしながら、口から入った空気が腹に向かって進むのを想像するのがコツだと僧侶は言うが、その方法を呑み込む前に膝がズキズキしてきた。重心が前にかかりすぎているのだ。修正しようともぞもぞ動くが、組んだ手を離すわけにもいかず、ますます妙な姿勢に。

このままでは10分と持ちそうにない。ここは膝の力で押し戻しつつ腰を伸ばすしか。ぐお。だめだ。

「姿勢が保てない方は動いてもいいですから、もう一度正しい姿勢に戻って始めて下さい」

とほほ。僧侶に助け舟を出されてしまった。でも、姿勢を戻したおかげで徐々に呼吸に集中できるようになってきた。さっきまで雑念だらけだった頭が、どんどんカラッポになっていく。

チーン。合図の鉦《かね》が鳴り、これで前半終了。半分寝たような状態だったからか、とても早く感じられた。もしかしたら座禅の素質があるのかも。などと、内心で自信を深めていたぼくだったが、それは勘違いだった。情けないことに、足が痺れて立ち上がれず「初めてですから」と僧侶に慰められる始末である。

「では2回目を始めます。今度は皆さんご存知の警策、ピシッと肩を打つやつですね、これを希望の方に入れさせていただきますので、眠くなったり気合いを入れたくなったら軽く右手を挙げて合図して下さい」

ぼくは警策のことを姿勢の乱れを正すための罰則だと思っていたのだが、決してそうではなく、座禅するものが自ら叩いて下さいと望むものだという。

僧侶が持つ警策は、しなりが良くて痛そうだ。でも、せっかくだから受けてみたい。そんなことを考えていたら、また足が痛くなってきた。慌てて呼吸に全力投球。不思議なことに、気持ちの落ち着きとともに呼吸も深くできるようになり、呼吸のリズムが整うと雑念が消えてくる。そうか、座禅の極意はそこなんだ。

考えてみれば、日常生活の中で頭が雑念に支配されていない時間は、睡眠時くらいだろう。あとは始終、計算したり悩んだり場の気配を窺ったり、細かいことに気を取られているものだ。多忙なビジネスマンであればなおさらである。

ところが座禅をやれば、ものの10分で雑念とおさらばできるのだ。つかの間のリフレッシュだとしても、これは貴重な時間だろう。和室に作務衣という、スーツとは別世界のスタイルもいい。これまで、頭をからっぽにするために金を払うなどアホらしいと思っていたけれど、それこそができそうでできないことだったのだ。なるほど、座禅カフェか。よく考えたものだなあ……。てなことを考えてはいかんのですね。再び足のシビレが激しくなってしまった。

それにしても、誰も警策を受けようとしないのはなぜなんだ。せっかくの機会である。ここは貪欲に手を挙げよう。右肩を打ちやすいようにやや左に首を傾け、合掌して待つこと10秒。トントンと合図がきた。

「ビシッ」

あぅ。突き抜けるような痛さだったが、後に残るのは爽快感だ。一発で眠気も吹き飛び、それからはラストまで息を乱すことなく過ごすことができた。終わってお茶をいただく頃には、なんだかもう放心状態の気持ちよさ。

作務衣から普段着に戻って表に出ると、おおげさではなく景色が違って見えた。本能のおもむくまま歩き出し、メシ屋に入る。今日はいつもと違い、迷うことなくオーダーだ。

「鳥そば！」

何も考えず箸を動かす。麺の1本1本が胃袋に収まるのがわかる感じがした。スーハー、スーハー。って、いつまで腹式呼吸を続けてるんだよ！

〝緊迫する国会〟は本当なのか

政治への関心は低い。支持政党もない。かろうじて選挙には行くが、投票の基準は〝こうなったほうが望ましいであろう〟という弱々しいものだ。しかも、投票した候補者が当選することは滅多にない。

と、お世辞にも意識の高い市民とはいえないぼくでも、衆参で多数派が逆転しているいまの国会には興味がある。参議院で否決されたテロ特措法は衆議院で強引に再議決されたが、重要案件目白押し。成り行きを熱心に見守っている方も多いのではないだろうか。

でも、それはあくまでメディアによってもたらされた情報。そこで、本当に盛り上がっているのかを確かめるため、参議院の傍聴に出かけることにした。アメリカの同時多発テロ以降、衆議院の一般傍聴は停止中だが（２００９年より再開）、国会の本会議は憲法第57条で「公開」が原則とされ、参議院は先着順で傍聴可能なのだ。

電話で問い合わせると、傍聴券の交付は本会議開始の30分前からとのこと。9時半に行けばいいのか。ジャンルは異なるが、裁判傍聴では長い行列ができたりもするからもっと早目がいいか。迷った挙げ句、9時40分に到着……結局遅刻かい！

受付で住所・氏名などを書かされ、荷物チェックを受ける。筆記具以外は持ち込み禁止なので、バッグや携帯はロッカーに。ヤジや発言はしないようにと注意を受け、ようやく着いた傍聴席は、野党が陣取る席の2階だった。テレビカメラや報道席も同階にある。

好位置に陣取り、記者も多いのは、国会中継を行うNHK。民放各社は人影もまばらだ。端のほうには貴賓席があって、ノーベル賞受賞者などが招かれるらしい。装飾もよりいっそう手が込んでいる。ぼくの席からは見えないが、さらに議長席の正面上方には天皇・皇后両陛下の傍聴席もあるという。

下を見ると、中央の高いところに天皇陛下のための玉座（ただし使われたことはない）、その前にある議長席をはさんで、左右に大臣が座る席があった。議長席の前には速記者の席、発言者用の席はさらにその前だ。速記者は10分程度で入れ替わるため、隠しトビラのようなところから出入りする。まるで忍者だ。専門家がやっているとはいえ、エンピツ片手に専用の機械も使わず、人力のみで議事録を作っているとは知らなかった。

建物内部の設計は重厚かつ豪華。天井は高く、柱は太く、いたるところに彫り物など細かい装飾が施されている。現在の議事堂が造られたのは昭和初期。国の威信をかけた建造物ということで、全国各地から選りすぐりの素材や職人たちが集められたそうだ。いまどきこんな手の込んだものを造ったら、贅沢すぎると批判されるかもしれない。

しかし傍聴席が埋まらないね。ざっと100席くらいはあると思うが30人程度しかいない。しかも半分以上が議事堂見学にきたグループで、すぐにいなくなった。国会傍聴、不人気なのか。

開始10分前になると議員が続々と入ってきた。それぞれ席が決まっていて、ネームプレートを立てると前方にある電光掲示板に表示された数が増えていく。投票をスムーズに行うためにそうしているのだろう。残念なのは、傍聴席から遠い与党側が見えにくく、どこに誰が座っているのか判別できないこと。居眠りチェックしたかったんだが……。

10時きっかり、江田五月議長が開始を告げ、まずマイクの前に立ったのは派手なピンクのスーツに身を包んだ公明党の浜四津敏子代表代行。与党側が拍手するが、野党側はピクリともしない。

「薬害訴訟問題について質問がございます」

前置きもなく始まった浜四津氏の質問は、ねんきん特別便、緊急医療システムの整備が早急に必要であること、消費者保護からゆとり教育、環境問題まで30分間も続いた。この日は代表質問だったので総花的になるのは仕方ないにしても、先に公明党の実績を織り交ぜながら考えを述べるスタイルなので、質問というより演説。中身も正論とし か聞こえず鋭さ皆無。野党側から「具体的に!」とヤジが飛んだのも当然だ。これじゃ、国会中継を見ている国民に公明党をアピールしたいだけと思われても仕方ないだろう。

ダレた気分で見ていると、係員がきて申し訳なさそうに言った。

「すいません。頬杖だけはつかないでください」

や、マナー違反か。頬杖だけはって言い方もなんだかヘンだが。

質問が終わると、福田総理が席を立ち、マイクに向かった。そのときだ。与党側の女性議員数名が声を合わせて叫んだのである。

「ソーリ!」

ここは歌舞伎座か? あんたたち、本当に国民の代表か?

しかし、総理には唸りましたよ。

驚くほどオーラがない。

一国の首相である。国会議員の最高峰に上り詰めた人である。その人がマイクの前に立ったら、放っておいても場が締まるというか、それなりの威圧感が出てくるものだと勝手に想像していたのだが、そんなのまったくない。

答えがまた迫力ゼロなんだなあ。あらかじめ用意してあった答弁を棒読みするだけ、肉声のかけらもないのはどうしたことだ。これだったら速記者は不要。後で書類をコピーするだけで間に合う。

ま、お仲間の与党同士じゃ気合いも入らないか。ここは大人の対応でエネルギーを温存。あえて存在感を消し、野党の質問で一気にスパーク、聞いている者の背筋が伸びる、首相らしさ全開の答弁が……。

そうではなかった。

「あなたが総理になって100日経ったが、一国の総理として国民をどこに導こうとしているのか、さっぱり見えてこない。いったい、どうしたいんですか!」

民主党の工藤堅太郎議員が口調激しく質問をぶつけても、大声でヤジが飛んでも、表情一つ変えずに棒読み一本槍。せっかく上がりかけた場内のテンションが一気に下がる。が、総理はそんなことにはおかまいなくボソボソと原稿を読み続けるだけだ。淡々とした口調が子守唄代わりにちょうどいいのか、居眠りを始める議員も出始めたようだ。

ぼくもそろそろ切り上げるか。

外に出ると雪だった。コートの襟を立てながら、強く思う。
あの方だけには一日も早く退いていただかないと、と。

富士山頂は遠かった

還暦祝いに富士山に登って日の出を見る。酒の席ならではの企画、のはずだった。すすめられた知人も苦笑いしながら、「それはちょっと」と尻込みしていたのである。が、皆がその話を忘れた頃、本人から電話がかかってきた。

「あの話、なんだか気になってきちゃってな。富士登山なんて一生一度だろうから、チャレンジしてみようかと思うんだ。もちろんおまえも登るんだよな?」

焚き付けた手前、ノーとはいえない。言い出しっぺの妻と、昔から富士山に憧れていたというその友人、計4人でツアーに申し込むことになったのである。

「こんなに人気があるとは……」

ツアーバスが到着した富士山5合目付近は関東だけではなく全国各地、いや世界中からやってきた富士山ファンで大混雑。関西弁を喋る一団の隣には中国人グループがいるし、その向こうには上半身裸の欧米人。耳を澄ませば韓国語も聞こえてくる。年齢層も幅広く、下は小学生から、上は70代まで。山男やファミリー中心かと思えば若い世代も多く、男女比は半々程度か。いかにも初心者らしきピカピカの軽登山靴が目立つあたり、日本一高い山でありながら大観光地でもある富士山の特殊さを感じさせる。

　ここにいるのは昼過ぎから登り始める人たちだから、その多くがご来光を見る心づもりだろう。

「〇〇ツアーの方、けっして単独行動をとらず、無事に全員が山小屋につけるよう、私から離れないように登って下さーい！」

　あちこちで声を嗄《か》らして叫ぶガイドたち。それがどういう意味なのかは、登り始めてすぐにわかった。人が多すぎて、いったんはぐれたら自分の参加するツアーがどこかわからなくなってしまいそうだ。そのため、脚力に自信のある参加者が最後方から歩き、それより後ろに置かれる人が出ないようにし、2列縦隊で登っていく。

　6合目までは順調だった。休憩時間には還暦オヤジとタバコをくゆらす余裕もあった。しかし、このあたりから道幅は狭まり、傾斜が急になってきた。汗がガンガン噴き出してくる。遮るものがないだけに、日差しが強烈なのだ。ツアー参加者の口数が減ったのは、体力の温存を考えてのことだろう。7合目の手前からは岩場も増え、脚への負担もきつくなってきている。

みんな大丈夫か。ぼくは60歳の知人の動きに注意を払い、女性陣を励ましつつ歩を進めていた。ぼく自身はまだバテてもいないし、水分補給もうまくできている。8合目にある山小屋まで、あと1時間ほど。この調子なら問題ない。

ところが標高3千メートルを越えたあたりで頭痛がしてきて、呼吸が苦しくなった。さらに両手の指先がおかしい。痺れが出てきたのだ。酸素がまわってない？　高山病か？

落ち着け。こういう場合に備え、酸素缶を持ってきている。これをシュッと一吹き吸い込めばたちどころに回復……しないんだな。匂いも味もないから、本当に酸素が出ているのかどうかもわからない。

痺れはますますひどくなり、突き上げるような不安が襲いかかってきた。このままだと脳に酸素がまわらず死ぬのでは、と思ったのだ。ぼくは生まれて初めて、命の危険を肌で感じた。まさか。そんな気弱なことでどうする。最後方の人に遅れると伝え、深呼吸と酸素連続噴射を繰り返す。そんなことをしているのはぼくだけだ。なぜ自分だけそうなのかさっぱりわからない。

午後5時半、這々《ほうほう》の体《てい》で山小屋についたら、今度は悪寒がしてきた。おまけに仮眠を取る山小屋の寝場所が狭いんだ。2畳に4人じゃあ寝返りさえ打てん。

もはや立場逆転。還暦オヤジに介抱される始末である。

「混んでるから、日の出を見るには12時頃から歩き始めなきゃならないみたいだぞ。おまえ、こんな状態で行けるか?」

「ム、ムリっす」

「わかった。オレは仕事仲間に富士に登ると宣言してきたから意地でも行く。悪いな」

「わかりました。お達者で」

「明日、5合目で会おう」

ここは戦地かい!

結局、還暦オヤジと妻の友人が山頂制覇に、北尾夫妻は無念の山小屋泊まりになった。

「このまま痺れが治らず、下山できそうもないときには……オレをおいて一人で行ってくれ……」

気持ちを込めて語りかけたが、頼りない夫のおかげで山頂アタックができなかった妻はそっけない。

「どう見たって軽い高山病だよ。富士山をナメてた罰。睡眠不足がモロにたたったね。

シャツを着替え、風邪薬飲んですぐ寝るように」

翌朝、8合目からの日の出を見るため4時に起床。小屋の前に出たら仰天だ。山頂まできっしり、ヘッドライトの光がつながる大渋滞になっているではないか。日が昇るまでは誰も山頂から降りようとしないため、進む速度が極端に遅くなっているのだろう。

異様な光景だった。山頂を目指し、草木も生えぬ砂利と岩の道を黙々と進む6列縦隊の行列。頂上についたらついたで、そこは人また人。もはやこれは修行だ。ここに通常の登山の楽しさはないと思う。それでも人は渋滞に耐える。富士山だから、日本で一番高い山だから。

荷物を整理して、休み休み5合目まで降りた。熱はまだあるが、頭痛と痺れはウソのように消えて行く。

2時間後、山頂制覇を終えた2人が戻ってきた。8合目から頂上まで6時間もかかったらしい。途中で日が昇ったが、列を乱すと事故につながる恐れがあるので、ちらっと見ただけで、あとは不安定な足元だけを見つめていたそうだ。

「そこまでして登ったら、多少は厳粛な気持ちになりたいし、なれると思うじゃない。ところがさ、なんと山頂には何軒も茶屋があって、めちゃめちゃ俗っぽいんだよ。あれ見たらオレ、自分が何をしにきたんだかわからなくなった」

還暦オヤジが缶ビールを飲みながら肩をすくめた。頂点に立ったのに、いまひとつ感動が味わえなかった、複雑な思いがにじんでいる。

外に出ると、ぼくたちと入れ替わりでやってきた客たちが興奮気味に準備をしていた。今日は土曜日。昨日以上にハードな修行になりそうだ。

男も唸るタカラヅカ

長い間、疑問に思っていたことがある。どうしてぼくはタカラヅカに偏見を持っているかということだ。

女だけで構成される特殊性ゆえだろうか。それとも『ベルサイユのばら』（古い！）に代表される女性好みの題材のせいなのか。理由はよくわからないが、頭のどこかで〝タカラヅカは女の花園。男なんてお呼びでないし、見たってツマラナイ〟と決めつけているところがあるのだ。

しかし考えてみたら、ぼくは一度たりともその舞台を見ていないのである。見てもいないものを評価する資格があるのか。ないよな。しかもタカラヅカは衰え知らずの人気を誇り、多くのファンを魅了している。人気を支えるのは昔も今も女性たちで、男はカヤの外であるらしい。

不思議な話だ。男性アイドルタレントならいざ知らず、タカラヅカは全員女優なのである。大地真央、黒木瞳、檀れいなどなど、タカラヅカ出身の人気女優も枚挙にいとまがない。それなのにどうして食わず嫌いを。男が女を演じる歌舞伎を好きな女性はたくさんいるのに、逆が受け入れられないのはなぜなんだ……つべこべうるさいよ！　とにかく見ればわかるはずだ。でも、ひとりで行くのもなんだかなあ。

と躊躇していたら、話を聞きつけたタカラヅカファンが案内役を買って出てくれることになった。ステージがよく見える席のチケットが手に入ったので一緒にどうかという。

「お待ちしていました。今日は私たちと一緒に素晴らしい舞台を楽しみましょう」

待ち合わせした東京宝塚劇場前で会うなり、妙齢の美女二人が左右から熱っぽく話しかけてきた。彼女たちは初観劇から1年ほどだそうだが、その間に数十回も観劇しているらしい。う〜ん、完全にハマってるね。今日の舞台も、すでに二度見ているそうだ。ぼくごときのタカラヅカデビューに付き合わせてしまって申し訳ないと思ったが、それは余計な心配だった。

「全然平気です。私たち、好きな女優がいるときは週に一度はきますから。それでも気合いの入ったファンには歯が立ちませんけどね。毎日のようにいらっしゃる方もたくさんいますよ。さあ、さっそく中へ」

一瞬カラダが硬直したが、ふたりにエスコートされて、〝女の花園〟に足を踏み入れた。むぅ。予想通り、客はティーンエイジャーから孫がいそうな高齢者まで、女だらけ。グループは絶えず喋りながら、単身客は殺気のようなものをみなぎらせながら、全員、比喩ではなく目をキラキラさせてロビーを動き回っている。ちょっとこれは、どう立ち振る舞えばいいのか……。

「顔がこわばっていますよ。まぁ驚きますよね。私たちも最初はそうでしたもの」

いかん。動揺を見抜かれている。ここはひとまず座席で落ち着こう。

ぐわ。当たり前だがここも女だらけだ。しかも、見慣れぬ中年男がいい席に腰掛けたせいか、矢のような視線が飛んでくる。あんた誰なのよ、という無言の圧力である。両脇のふたりは今日の芝居の概要や見所を親切に教えてくれるのだが、緊張のため耳に入らない始末だ。意識しすぎか。でも実際、主要な役者それぞれに後援会のような組織があり、客同士が顔見知りだったりもするタカラヅカでは、新参者チェックがきびしいそうだ。

席で小さくなっているうちに開演時間がきた。生演奏のバンドが軽快なオープニング曲を奏で、するすると幕が開くと、いきなり挨拶代わりの歌と踊りだ。総勢50人は下らぬ女優たちが舞台狭しと動き回る。節目には格上らしき役者が次々に登場し、最後は主役、いわゆる男役のトップが満面の笑みで両手を広げる。早くも、場内割れんばかりの拍手。凄い一体感だ。ボルテージが高まっているのに黄色い声が一切ないのは、はしたない行為としてファンが自粛しているためだという。

前半の芝居はラブロマンスもの。これ以上ないほど派手なメイクと衣装に身を包み、笑いあり涙ありの人情喜劇といった展開である。すべてがトップを引き立てるためにあるような演出だし、ミュージカルだから唐突に歌が入るし、ストーリーはかなりご都合主義。男役がすべて同じ顔に見えてしまい、役者の区別さえつかないオヤジには、相当キツい内容である。

やはり場違いだったか。この調子じゃ最後まで持たないかも。でも案内してくれた彼女たちの手前、途中退席は許されない。居眠りも厳禁である。だが先は長い。終演までたっぷり3時間もある。どうするんだ、地獄だぞ。

などと、序盤は細かいことを考えていたのだが、場の空気に慣れるに従い、たわいないギャグにまでワハハと反応している自分がいた。必死で流れを追っているうちに、女同士がどうの、みたいな先入観がすっ飛んでしまったのだ。先入観がなくなればイメージまで変わる。少女マンガのような世界だけど、これだけ徹底すれば清々しくもある。

後半のレビューはさらに良くて、前半は役者から目線がきてもうつむき加減だったぼくも、積極的に笑顔をリターンだ。最後の曲なんて、大階段の上からトップが降りてくるんだけど、ぞくぞくしたもんなあ。いやー、大満足だ。

聞くところによれば、タカラヅカには全国から団員が集まり、厳しいレッスンの日々を過ごしながらトップを目指すのだそうだ。花組、雪組などいくつか組があり、互いに競い合うように公演を行うのだという。

「しかも、タカラジェンヌには結婚したら引退しなければならない鉄の掟があります。花の命は短いんです。私たちファンは、いまこのとき全力で輝いている彼女たちを見守るというか、そんな気持ちなんです」

ステージのみならず、タカラヅカは入団から卒業までの歩みそのものがすでにドラマ。そこに病み付きになる理由があるわけだ。なるほど、深いなあ。今度見るときは、そのあたりも想像しながら見てみるか。

「それなら、東京ではなく本拠地である宝塚に行きましょう」

「え、関西まで？」

たじろぐぼくに、ふたりは両脇から猛プッシュをかけてくる。

「本場の熱気をぜひ、その目で！」

「トップ中のトップが公演中なんです。決して後悔はさせません！」

10分後、なぜそうなるのかわからないまま、ぼくは彼女たちに宝塚行きを約束させられていたのだった。

予想外（失礼）に好印象だったタカラヅカ初体験だが、それは本物なのか。物珍しさゆえなのか。真価を問うため、ひとり本場に向かってみた。

宝塚歌劇団が産声を上げたのは大正3年。現在の阪急宝塚線が開通したとき、乗客誘致の一環として、阪急電鉄創始者である小林一三が設立したという。当初は宝塚少女歌劇団という名称だった。歌や踊りを中心とした女性のみの劇団というのが一貫した方針で、大正8年には宝塚音楽歌劇学校（現・宝塚音楽学校）も設立。生徒たちは10代半ばから修業期間2年を経て宝塚に入団し、さらに研究科2年を経てようやく一人前になる。また、研究科に終わりはなく、団員であるかぎり生徒であることから、引退して劇団を離れるとき、ようやく〝卒業〟となるのだ。

斬新なスタイルで登場したタカラヅカは、ハイカラな衣装やショーでたちまち人気になった。昭和13年にはヨーロッパ公演、翌年はアメリカ公演とグローバルな活動を展開。第二次大戦で一時閉鎖されたものの、敗戦後8カ月後にはもう再開されている。生徒にはその後トップスターとなる越路吹雪、淡島千景、乙羽信子、有馬稲子、八千草薫などがいたというから、日本映画女優史における貢献度も計り知れない。

タカラヅカでは、どんなに有名になろうと年功序列が守られ、先輩は先輩、後輩は後輩としての関係が保たれる。同期の中での人間関係、トップの座を巡るライバル関係、5つの組の競争、どんなスターもいつかは去らねばならない宿命。ドラマチックな要素には事欠かず、それがファンをますます過熱させるのだ。

車内でそんな豆知識を仕入れつつ宝塚駅に到着。本拠地ということで重厚な佇まいを想像していたのだが、改札を出てから劇場まで途切れなく続く土産物屋やショップは、テーマパーク周辺のような雰囲気である。

そう思わせるのは平日の午後にもかかわらず大勢の人が歩いているからで、しかも全員が浮き浮きした表情なのだ。

「ぐずぐずしとったら始まってしまうけん、買い物は帰りにしとき」

耳をそばだてると関西弁に混じって九州弁なども聞こえてくる。遠方からはるばる〝聖地〟を目指してきているんだなあ。

とはいえ中心は地元のファン。長年通い詰めている感じの御婦人が優雅に見えるのは、ぼくも含めて目が泳ぎまくっている〝お上りさん〟とは一線を画す動きをするからだ。どこに何があるか、劇場内の動線がすべてわかっている余裕。だから、ロビーで立ち話するときのポジション取りから座席への移動まで、動きが洗練されていて無駄がない。

これが年期の差なんだよな。

舞い上がっていたせいもあるが、東京では金持ち風の人はたくさんいたけど、こういう動きをする人たち、あまり見かけなかった。〝聖地〟巡礼の客がかすむ地元客の存在感こそ、本場の底力だと思う。ちなみに関西のおばちゃんが大好きなド派手な服装も、意外なほど抑えめだ。

さて、この日は宙《そら》組の公演で、前半がミュージカル、後半がレビューという構成は前回と一緒。これが定番なのだろう。ただ、ミュージカルは前回のラブコメではなく『黎明の風〜侍ジェントルマン 白洲次郎の挑戦〜』と人物伝的なもの。女優が演じる白洲やマッカーサーじゃリアリティ皆無かもと不安がよぎる。

しかしそこはタカラヅカだった。ひとたび幕が上がると力ずくでファンタジーの世界に引っ張り込まれてしまい、史実がどうのなんてことは気にならなくなってくる。白洲次郎はどこまでもカッコ良く、マッカーサーは人間味あふれる孤高の軍人。だって、そうでなくては舞台が成立しないのだし、今日のところはそれでいいじゃないか、と。

それより入れ替わり立ち替わり現れるトップ女優陣の、火花を散らす演技合戦が楽しい。

あ、訂正。つい女優と呼んでしまったが、タカラヅカでは男役、娘役、という言い方が正しいそうだ。

うまい下手ではなく、争っているのは客を支配するオーラであり、場の空気を一瞬で変えてしまう力。見得の切り方、目線の漂わせ方のひとつひとつに独特の世界を感じてしまうのだ。事実、その成果は確実に現れていた。宙組トップの大和悠河に加え、ベテラン組で構成される〝専科〟から白洲次郎役の轟悠などが参加……、それがどれほどの値打ちなのかはよくわからんが、かなり豪華な配役であることは、一挙手一投足に固唾を呑む、客席の反応を見れば想像がつく。

大和悠河はトップとして先輩の轟悠を脅かさねばならないが、轟悠は一歩も引かない。ナンバー2以下はふたりを立てながらも実力をアピールしなくちゃ足元が危うくなる。そんな緊張感が全編を通じてビシッと通っているからダレないのか。

二度目とあって、ぼくはこの日、脇役を中心にみた。演技の固い、まだこれからの若手に混じって、セリフも動きも滑らかな中堅どころががんばっているのだ。トップと若手だけでは差がありすぎてギクシャクしがちな舞台を、彼女たちが見事に橋渡ししている。

タカラヅカの競争はハンパじゃないはずだ。脇役たちは同期の中でずば抜けた存在ではなかったかもしれない。トップまで行くことは、もう無理だろう。それでも、まったく悲哀を感じさせず、脇に徹してトップたちを盛り上げているのである。

和装とあって渋い衣装でまとめていた前半とは一転、後半のレビューはギンギラ衣装全開。どうしてここまでと首をひねりたくなるほどまばゆいスパンコールで歌い踊り、最後は東京と同じく鳥の羽をあしらった衣装で大団円だ。この衒《てら》いのなさ、尋常ではない。またしても手の平が痛くなるほど拍手してしまったね。

それにしても、どうしてタカラヅカには男のマニアがつかないのだろう。本場なら必ずいると思っていたのに、東京より夫同伴の女性が多いくらいで、男一人やグループの客がほとんどいない。東京に戻って若いアイドル好きに尋ねたら、未見のくせにビビっている。

「あそこは〝花園〟ですからね。男どもがズカズカ足を踏み入れるところじゃありません」

ここはオヤジの出番だと思った。心配はいらない。タカラヅカファンの関心は舞台だけで男など視界にも入らないことはぼくが実証済みだ。

そっと仲間に混ぜてもらう感じ、それもひとつの味わい方だろう。実に地味だが。

ロバのパン屋を追え！

タクシーの運ちゃんと話していたら、ひょんなことから子供の頃に食べたパンの話になった。

「私は京都の出身なんですが、昔、ロバのパン屋というのがありまして、よく食べたもんです」

「あ、それ、九州にもありました」

これで終わった会話だったのに、タクシーを降りたあたりで急に、懐かしいテーマソングが蘇ってきた。

〈ロバのおじさん　チンカラリン　チンカラリンロン　やってくる〜〉

なんでこんなの思い出すかな完璧に。しかもただ思い出しただけじゃなくて、家に戻ってからも延々とリフレインを続けるではないか。シャワーを浴び、メールをチェックし、読みかけの本を手に取ってもなお、鳴り止まないメロディー。気がつけば繰り返し口ずさんでいるし。

「何それ？　聞いたことないよ」

と妻。あの色鮮やかな蒸しパンだよ。クルマで売りにきてただろう。

「クルマ？　見たことないな」

おかしいな。この曲を流しながらパンを売り歩いていたはずだが。いかにも特別なパンという感じがして、母親にねだって小銭をもらうと一目散に駆けて行ったもんだ。

「知らない。断じてそんなものはなかったよ」

ぼくが食べていたのは小学校低学年のとき。5歳下の妻が学校に通う頃には早くも下火だったのか……。

ネットで調べてみたら、おもしろい事実が分かった。ロバのパン屋は戦前、京都の蒸しパン店が「ビタミンパン連鎖店本部」を設立し、戦後になると本格的にフランチャイズ展開。1955年にキングレコードから発売された『パン売りのロバさん』を、翌年からテーマソングにして人気を博したらしい。ただし、販売エリアはおもに関西、四国、九州で、関東以北では売られなかったようなのだ。なるほど、東京育ちの妻が知らないのも道理である。

さらに調べて驚いた。細々とではあるが、いまでもロバのパン屋は存在しているようなのだ。そうか、元気でやっていたのか。てっきりノスタルジックな〝三丁目の夕日〟の世界かと思ったら、いまなお現役とは。

「お、おぉー！」

「ふ〜ん。じゃ、私は寝るわ」

気のないリアクションで妻は去ったが、テーマソングはますますボリュームを上げ、何も手につかなくなる勢いだ。こうなったらもうダメである。

〈ジャムパン　ロールパン　できたて　やきたて　いかがです〜〉

電話して取り寄せをお願いしてみるか。いやいや、それでは意味がない。味について、特別な思い入れがあるわけではないのだ。なんといっても、ロバのパン屋の魅力は息せき切って販売車を探し、販売しているおじさんから買うところにある。だいいち、取り寄せでは歌がついてこないではないか。拡声器から鳴り響くあの歌を、どうしても目の前で聞きたい。

その後の調べで京都の「ビタミンパン連鎖店本部」は販売をやめてしまったことがわかったが、大阪の旭区にロバのパン屋があることが判明した。

行くしかない。連絡を取り、待ち合わせ場所を決めて早朝の新幹線で新大阪へ。指定された旭東公園前までタクシーで行き、待つこと5分。

白と赤に塗り分けられた軽トラックがすっと止まり、谷保修さんがニカッと笑った。この道36年目、大ベテランの53歳である。シワの奥まで真っ黒に日焼けした顔が、パンを作り、売り歩いてきた歴史を証明している。

「この商売を始めたのは親父で、昔は農耕馬を使って、馬車で売り歩いとりましたわ。馬、バテて動かなくなったりしとったな。そのうちクルマで売るようになって、最盛期は昭和40年代後半から50年くらいまでかな。うちも人使うて何台か走らせてましたわ。親父、いつ寝とるんかと思うくらい働いとったね」

夜中から作り始め、朝から出動。停車したところが買い食いスポットになり、すぐに子供が群がってくる。品切れになった販売車が入れ替わり立ち替わり補充に戻り、それが連日、夜遅くまで続いたそうだ。

いまでも残っているのはここと四国、九州、合わせても数店。スーパーの出現やコンビニの普及、少子化などによって売り上げは減ってしまったが、子供たちと直接ふれあうことのできる商売が好きだから、自分の代まではがんばって続けたいと谷保さんは言う。

この蒸しパンの特徴は、割れた上部から具が見え、食欲をそそること。その技術は門外不出とされ、パンの皮をはじけさせる〝秘伝の原料〟を本部から買うことによってフランチャイズ制を成立させていた。すでに本部はなくなってしまったが、門外不出の伝統にのっとり、谷保さんは製法を教えてはくれない。このあたりの義理堅さもカッコいい。

「ところで、ぼくなんかはロバのパン屋といえば、あのテーマ曲なんですが、あれはいまでも……」

「流しとるよ。かけようか」

慣れた手つきでカセットのスイッチをオン。たちまち、ぼくの心は少年時代に逆戻りだ。

〈チョコレートパンも　アンパンも　なんでもあります　チンカラリン〉

すぐ、音色に吸い寄せられた中学生がやってきた。

「おっちゃん、これナンボやろ？」

「1コ90円や」

「わかった。いったん家に帰るけど、あとから買いにくるかもしれへんわ」

やり取りを聞いていたら、ぼくもガキの頃の夢を果たしたくなった。

「大将、売って下さい」

「はい、どれにしましょ」

「全種類！」

あれ、案外地味だ。ピンクや緑など色鮮やかな印象があったのだが。

「昔は食紅とかバンバン入れとったからね。味も人工甘味料で甘かったしな。いまあんなの売ったら大変や、ははは」

旭東公園のベンチに座ってアンパンを頬張る。かつてどぎついイメージが強かったロバのパンも、いまでは素朴で優しい味がした。

家に帰ると、父ちゃんは遠くまでロバのパンを買いに行った、と妻から聞かされたらしい娘が待ち構えていた。なんだ、楽しみにしてたのか。どれでも好きなのを食べていいからな。歌を聴きながらだと、もっとおいしいぞ。

だが、娘の期待は別のところにあったようだ。ひとつずつ確かめるように中身を確認すると、耳元でチンカラリン〜と歌うぼくに、がっかりした顔で呟いた。

「ねえ、ロバさんはどこに隠れているの？」

愛を探しに

花火大会の陽気な脇役

夏の空に打ち上げられる花火を見るのは好きだが、人波にもみくちゃにされてまで出かけたくはない。だが自分の好みで行く行かないが決められたのは去年まで。娘が4歳になった今年からはそうもいかなくなったらしい。朝起きたら「花火行こう」の連呼である。とうちゃんは人混みが嫌いなんだよ、という説明では納得しそうにない。あきらめて、立川の花火大会に連れて行くことにした。

大混雑必至なので電車で早めに出かけたのだが、改札口からすでに熱気ムンムン、長蛇の列が続いている。開始までの時間をファミレスでつぶす計画は満員のため挫折。流れに乗って歩くしかない。娘は張り切っているが、ぼくはもうゲンナリだ。

客は圧倒的に若者が多く、カップルが4割、グループが3割といったところ。残りの3割がファミリー客である。

今日はおやじ受難の日かもなあ。運転手役として、荷物持ちとして、さして興味のないイベントにつきあう父親がゴマンといそうだ。忍の一字でこれから数時間、耐え忍ぶのか。そんなことを考えながら会場に入った。空腹を訴える娘に焼きそばを与え、ジュースを飲ませ、迷子にならないように手を引いて歩かせる。

「あのー、写真撮っていただけませんか」

休憩していたら、カップルに撮影を頼まれた。はいはい、じゃあグッと顔を寄せて、パチリ。

「私たちもお願いできますか」

キミタチ、ぼくがそんなにヒマそうに見えますかい。ま、いいよいいよ、パチリ。

やっと広場に到着したのでレジャーシートを敷いて場所をキープ。妻に娘を任せ、喫煙所を探して一服。と、その近くの芝生中央付近に、大きなシートを敷いてポツンと一人座っているおやじがいた。場所取りか、ご苦労なことだ。家族は開始寸前にきたりするのだろうか。とすると、まだしばらくは一人で待機ってことになるのかもしれない。

おやじは50代半ばくらい。やや髪の毛が薄く、メガネをかけている。耳にイヤホンらしきものをつけ、iPodでも聴いているようだった。横顔しか見えないが、哀愁漂う佇まいに興味をそそられる。そばまで行って「暑いですね」と話しかけたらヘンだろうか。そんなことはないよな。お互い、家族につき合って渋々やってきた身だ。

「前々から約束させられていたもんでね。まあ、父親なんてそういう役回りですよ」

「そうですか、ぼくは4歳児の親なんですが、こういうイベントは初めてで……」

「これからが大変ですな」

「はあ、続きますか」

「続きます。あと10年は覚悟しないとダメです」

なんて、思いがけず会話が弾む可能性だってありそうだ。よし、ダメ元でやってみようと接近してみたら……。

「ンフ、ンフ、ラ〜」

おやじ、ゴキゲンで歌っていたよ。全然たそがれてなどいない。

躊躇しているところに家族がやってきた。途端に立ち上がり、テキパキと座る位置など指示を出すおやじ。妻らしき女性が持ってきた弁当を素早く取り分け、息子や娘に配っている。そして、娘から「ご苦労さん」とばかりに手渡されたビールをうまそうに飲み、豪快に笑う。

そうだったのか……。ぼくは誤解していた。おやじは名実ともに一家の大黒柱として尊敬を集める存在だったのだ。

場内を観察してみると、他にもノリのいい中高年がちらほらいて、笑顔を振りまいている。子供を肩にかつぎながら走っている短パンおやじ。親戚一同が集まって騒いでいるシートでひとり立ち上がって物まねのようなことをしているお調子者おやじ。酔っぱらっているのか肩を組んで宴会モードに入っているオッサン軍団。みんな陽気だ。

彼らに、浴衣を着込んでデート中のカップルや、グループで乗り込んできた10代の男女みたいな華やかさはない。ファッションだって黒子のように地味である。しかし、日頃の疲れも何のその。混雑など苦にせず、飲んで食べて花火を楽しむ姿勢は貪欲だ。それでいて「ここが勝負」と入れ込みが目立つ若者たちを見る目が優しいように思われる。なんて言うのかなあ、若かりし頃の自分を重ね合わせて見守っているような雰囲気。今日は花火なんだから、主役はおまえたちであるべきだ。しっかりやれ。悔いを残すな。そういう無言の励まし、温かさが場内を和やかなムードにしているのである。

反省した。おやじと愚痴をこぼし合おうなんて、最低の客である。イヤならこなけりゃいい。きてしまった以上は楽しくやるべき。それが花火大会のマナーだと教えられた気がする。

急いで自分の場所に帰り、はしゃぐ娘の相手をするうち、花火が始まった。赤、青、緑、黄色。休む間もなく、趣向を凝らした模様が空を染めてゆく。

「すごい、花火ってキレイ」

後ろで女子高生が感嘆の声を上げ、ひときわ大きな花火が炸裂すると周囲から拍手が起こる。ぼくもすっかり夢中になり、1時間があっという間だった。

終わりを告げる最後の花火が打ち上がると、出口に向かって数万人の人が動き出す。マイカー組には大渋滞、電車組には駅の入場規制が待っているが、そんなことは織り込み済みなのか、混乱もなく列が進んで行く。はしゃいでいたおやじたちも、気分を切り替えて父親の顔に戻り、ゴミ袋など抱えて先を行く家族の後ろから静かに歩いている。

眠いのだろう。会場を出たところで、ずっと興奮状態だった娘がぐずり始めた。ここは、おやじの見せ場だ。よし、おぶってやる。

ぐ。重い。こいつまたデカくなったな。おまけに汗まみれでヌルヌルだ。でも歩かせるわけにはいかないし、タクシーなどどこにもいない。

すぐそばを若いカップルが手をつないで行き過ぎる。いいねえ、うまくやれよ、二股はかけるなよと心の中で呟きつつ、ぼくはｉＰｏｄおやじを思い出して陽気に歌をがなる。童謡だが……。

49歳の春

家族旅行で信州へ行き、古民家の宿で食事をしていたらMから電話がかかってきた。せっかく囲炉裏で焼いた鱒にかぶりつこうとしていたのに間が悪い。どうせ、たいした用ではないだろう。出るのはやめて、後からかけ直そうかと思ったが、いつまでも鳴り止まないので仕方なく席を立った。

「はい北尾、どうした？」

周囲の邪魔にならないよう外に出ると激しい雨。水つぶてが襲いかかってくる。

「オレだけど、いま家にいるか」

「いや、長野にいる」

「そうか。旅行中だったか……」

軒下の濡れない場所へ移動しながら言うと、Mが残念そうに溜息を漏らした。

「明日には帰るけど、急ぐ？」

「うん。結婚することにしたんで、婚姻届に署名して欲しいんだよ」

「え、結婚？　いま結婚って言ったよな」

「ああ、それでさ、婚姻届には結婚を認めますっていう証人の欄があって、それをキミら夫妻にお願いできるなら、いまからお邪魔しようと思ってさ」

じつにめでたい話だ。すでに相手の女性と数カ月前から一緒に暮らしているらしいから、勢いではなく、お互いに納得しての入籍なんだろう。ぶっきらぼうな口調には、照れたような気配があった。急いでいるのは、週末のうちに準備を済ませ、提出するだけにしておきたいからのようだ。

「ヤボ用ですまんね。形式上のことだし、証人なんて誰でもいいんだから代わりを探すよ」

たしかに、ぼくも自分の婚姻届に誰の署名をもらったか忘れてしまっているもんなあ。でも待て、待て。形式であろうとなかろうと、その役は人に譲りたくない。ぼくは、明日の夜なら大丈夫だと伝え、詳しいことはそのときにと電話を切った。

ついにこの日がきたか……。

すぐさま妻に知らせ、ビールで喉を潤す。嬉しさがこみ上げて、その晩はなかなか寝付けなかった。

長い道程だったもんなあ。

20代半ばで知り合って以来ずっと、Mは「結婚したい」と言い続けてきたのだ。当時のぼくには結婚願望など皆無だったので、なぜヤツがそんなふうに思うのか、さっぱりわからなかった。たぶん、理由などなかったのではないか。Mは、独身は良くないとか、結婚してこそ一人前というような考え方をするヤツじゃない。ただ、正直な気持ちを語っていただけだろう。

30歳になった頃には耳にタコができて、またかと思うだけだった。自分が35歳で結婚すると、Mの結婚したいは口癖で、本気じゃないのではと疑うようになってしまった。誰か紹介しようにも、アクの強いMに合いそうな女性はなかなか見つからない。共通の知り合いが多いこともあって、これまで一人も紹介したことはないと思う。

その間、Mは手をこまねいていたわけじゃない。同棲し、結婚寸前まで行った相手もいた。結婚相談所に登録したこともあった。ぼくの知らないところでも、結婚目指してあれこれ動いていたに違いない。が、実現には至らない。借金を抱えてそれどころではない時期もあり、さすがに最近は、Mの「結婚したい」発言も頻度が落ち、あきらめムードが漂ってきていた。

それが、50歳の大台まで残り1カ月での入籍である。石の上にも25年。そばにいる人間としても感慨深いものがある。

翌日、観光もほどほどに高速を飛ばして帰京。夜9時、最寄りの駅まで迎えにいくとMと新婦が仲良く並んで待っていた。

「おめでとう」

「すまんね。すぐ済むから」

乗り込んできたMの表情が柔らかい。新婦も同じだ。幸せな空気が満ちたクルマで家まで走り、シャンパンで乾杯後、さっそく署名する。

「知り合ったきっかけは?」

「それはえーと、まあ。去年の秋頃知り合ったんだよ」

妻は初対面の新婦にさっそく質問を浴びせるが、彼女が答える前にMが反応してしまう。

「仕事とか、聞いていい?」

「勤め人です。この方はしっかり朝起きてですね、きちんと出かけていかれますね。こういう方と結婚してもらえるんだから、離婚は許されないよね」

M、どうやら少し舞い上がっているようだ。

結局、何も具体的なことがわからないまま時間が過ぎ、そろそろ、ということになってしまった。

でも、慌てることはない。馴れ初めなんて今日でなくても聞けることだ。それより、ここはぜひ結婚歴15年の男として、円満な夫婦生活のコツみたいな、お約束めいた一言を新婦にかけておきたい。

「あのですね」

「はい？」

「えーと、M君をよろしくお願いします」

つい深々とおじぎをしてしまった。……親戚のオヤジかい！

妻子が寝てから、ベランダで煙草を吸っていると、なぜか感極まって涙まで出てきた。心から嬉しい出来事って本当にあるのだと思った。

しかし、どうしてぼくは、Mの結婚をこんなに喜ぶのだろう。ヤツの念願がかなったわけだから、余計に祝福の気持ちがわいたのか。それもある。でも、それだけでは説明のつかない感じがする。

わかった。

友達だからだ。友達が幸せになったからなんだ。

年齢を重ねれば重ねるほど、知り合いの数は増えてゆく。まして人に会うのが商売のライターなんぞ職業にしていればなおさらで、喋っていて退屈しない相手、博識で勉強になる相手、困ったときの相談相手、遊び仲間、一芸に秀でた各種マニアと、いろんな種類の知人がいる。彼らのおかげで、たいていのことは何とかなってしまうのだから、ありがたい存在ではある。

でも、そのどこにも属さず、友達としか呼びようのない相手は、もうめったなことでは現れないのだ。

さて、プレゼントはどうするか。友達だもの、ここはずばり直球で行くべきだろう。たしか、ヤツはまだいくぶん、金融機関の世話になっているはずだ。

ぼくはのし袋を探し、現金を入れて一筆添えることにした。

〈祝結婚。願早期借金返済。返礼等一切不要〉

地震のとき、自宅まで歩き切れるか

泣き出しそうな空の下、新宿での打合せを終えて歩き始めたのは午後5時だった。今日はここから20キロの距離にある我が家まで、徒歩で帰るのだ。金は一切つかわず、バッグに放り込んだペットボトル1本の水だけを頼りに歩き切るつもりである。

大地震が起きると、我々の目は報道に釘付けとなる。慌ててサバイバルキットなど買い求める人も多い。それはそれで、いざというときの備えにはなるだろう。でも、備品を揃えて解決できることなどごくわずかでしかない。買った時点で満足し、そのままホコリを被ってしまいがちなのではないだろうか。で、緊張感も薄れた頃、新たな天災が起き、また買い物に走る……我が家がその典型である。水、非常食セット、ライト付自家発電ラジオ、テント、寝袋、何でもあるがどこにしまってあるか見当もつかない。

これでは何ともならん。もっと具体的に、非常時に備える手段はないのか。地震が起きたとき、それが日中なら自分が自宅にいる可能性は低い。家族とは離ればなれだ。そんなとき、まず何を思うだろうかと考えてみる。

安否を知りたい。それしかない。しかし、電話はまず通じないと考えていい。帰宅しようにも交通機関はストップ、道路は大渋滞。街は停電でマヒ状態のはずである。頼りになるものなどない。家に帰りたければ自力で歩くしかないのだ。少なくともぼくは、途方に暮れて立ちすくむ時間があったら、さっさと我が家目指して歩き出す人間でいたい。

追いつめられて歩く気持ちはどんなものか。それを知るには実際に歩いてみるのが手っ取り早いと思った。平常時のいま、街には緊張感のカケラもないが、いざとなったら雰囲気が一変するはず。それを想像しながら歩くのだ。

脳はうまくできていて、その気になればそれなりにテンションが上がってくる。新宿大ガードをくぐり、高層ビル群を左手に眺めながら青梅街道を歩くうちに、我が家で本当に悪いことが起きているような気になってきた。

最初に迷ったのはルートである。距離的には、青梅街道を直進し、五日市街道と交わったらひたすらそっちに進むのが近道なのだが、ちょっと待てよと心がブレーキをかけるのだ。

大地震のとき、幹線道路にはクルマがあふれ、あちこちで事故が起きているかもしれない。割れたガラスが路上に散乱し、倒壊したビルもあるだろう。青梅街道は大変な騒ぎになっているに違いない。かといって、あまり大胆に脇道を行くと、道がわからなくなりそうだ。ここは中間を取って青梅街道と平行に走る道路を進むべきだ。

足早に歩くこと1時間。阿佐谷近辺まできたとき、辛抱たまらず住宅地を抜けて大通りに出てしまった。住宅地だって被害は受ける。助けを求める人がいるだろう。自分はそれを無視して先を急ぐことができるのかと考えていたら、住宅地に漂う生活感が息苦しくなってしまったのである。

しかも、このあたりで前からやってくる人を障害物に見立て、ジグザグに歩くようになってしまった。ガラスの破片や瓦礫をかわしつつ歩く訓練のつもりなんだろうか。ときには小走りにさえなっている。自分でも何がしたいのかよくわからない。ペースもどんどん速くなり、さっきから踊るように先へ先へと進んでいる。これは、まずい。一刻も早く我が家へ。それしか考えられなくなってきているのだ。たいした距離じゃないとはいえ若くはない身。こんなに飛ばしたらガソリン切れになりそうだ。

案の定、中間地点にさしかかるあたりで右足の指先が痛んできた。靴が合っていないのだ。もう華麗なステップは踏めないが、それはいい。〝本番〟でも十分に起きうることだからトレーニングだと思うことにしよう。ショックだったのは、その後すぐに左足の膝の裏に痛みを感じたことだ。まだ10キロくらいしか歩いていないのに、もう足がダメになりかけている……。

ガクッとペースが落ちた。周囲はすっかり夜。雨が降りそうで降らないことだけが救いだ。吉祥寺を過ぎると五日市街道もめっきり暗くなり、心細さが募ってくる。休憩の回数が増え、ペットボトルの残りも乏しい。ここからは1休憩一口だな。

スタートして3時間。ぼくはバス停のベンチに座り、指先のマッサージに全力投球していた。乗客と間違えたバスが停車し、手にしたスニーカーを横に振って乗らない意志を示すぼくを、運転手が怪訝な顔で見る。いや、ダイジョブっす。体力的には全然へばってないから。瞬発力こそ衰えたけどそこは粘りでなんとかするのがオトナってもんで。強がりだった。そこから先は牛歩状態。あせる気持ちとは裏腹に一歩一歩が重い。発汗も激しい。

また道も単調なんだなあ。ビルの姿が消えたのはいいが、延々と遊歩道が続くのみ。せめて家までの距離くらい知りたいのだが、暗がりで、持参した災害マップも用をなさないため、いまどこにいるのか判断がつかないのだ。遊歩道のベンチで話し込んでいるカップルがいると、そんなことしてる場合かと叫びたくなってくる。少しおかしくなりかけているようだ。

やっと西武線の踏切が見えてきた。線路を越えれば家まで1キロもない。ここで水を飲み干し、ラストスパートに入る。角を二つ曲がって最後、左に折れると、おぉ我が家は無事だ。リビングと寝室には明かりもついている。当たり前だがうれしいぞ。

後半、杖代わりに大活躍した傘を定位置に置き、呼吸を整えてからドアを開けた。

「ただいま！」

胸を張って叫ぶと、奥から妻が現れた。時計を見ると10時。娘はとっくに寝たようだ。

「新宿から歩いてきた！」

「へー凄いね。でも、なんで？」

それはだな、非常時に備えての実践訓練というか、夫や父としての務めを果たしたい気持ちの表れというか。これからはもう雰囲気だけのサバイバルなんて通用しないんだよ！

「わかったから、靴脱げば」

や、それもそうだな。

「大丈夫なの？　マッサージしてあげようか」

「……ぜひ、頼む」

父親たちが集う夜

少し遅れて居酒屋につくと、自己紹介が始まったところだった。や、しまった。ぼく以外はすでに全員揃っているようだ。あいた空間に着席し、生ビールを受け取りながら見回すと、出席者は15人。全部で30人ほどだから、まずまずの出席率といっていいだろう。

今日は娘が通う幼稚園の、オヤジ限定飲み会なのだ。たまには日頃顔を合わせる機会が少ない父親たちで集まって、親睦を深めようではないかという企画である。

幼稚園との関わりは圧倒的に母親が中心だ。彼女たちは子供の送迎でしょっちゅう顔を合わせるし、バザーなどがあれば協力して出品物を作ったりもするから親しくなりやすい。子育てという共通の悩みもある。メーリングリストで連絡網が作られていたり、休日には一緒に出かけたりもしているようで、見ていてうらやましくなるときがある。

一方、父親同士は距離が遠い。ここにいる面々の共通項は、同じ幼稚園に子供が通うことだけ。年齢も違えば仕事も違う。住んでいるエリアも徒歩圏内あり自転車通園あり、我が家のようなクルマ組もいてバラバラ。放っておけば一生知り合わないメンバーだけに、今日をきっかけに新たな人間関係が膨らめば、自分にとっても有意義ではないか。ぼくとて園児の親。二度とないこの期間だからできることをしてみたい。子育ての不安を心おきなく話せる同性が欲しい。それは貴重な休日の夜を返上して集まった父親たちに共通する気持ちのはずだ。

とはいえまだ開始直後、場の雰囲気は硬い。自己紹介も、立ち上がってやっている。聞く側も緊張気味で、目の前のごちそうに箸を伸ばす人さえいない。どう立ち振る舞えばいいのか、互いに様子をうかがっている感じだ。

かく言うぼくもそのひとり。園長以外に知っている顔は皆無だし、誰がどの園児の親だかさっぱりわからないので動きようがない。隣の人に「ところでアナタは誰の父親ですか」なんて尋ねようかと思ったけれど、園児の名前もよく知らないのだからかえって失礼なことになるかもしれない。まあ、それは相手も同じか。失礼ではないかも。でも、それで話が発展するか。しないだろう。ここはウェイティング。とりあえず自己紹介を待って、それからだ。

おそらく皆、似たような気持ちだったに違いない。動くに動けず、全員が自己紹介に意識を集中するという妙な展開。しかも、このままじゃいけないという、場を気遣う精神があるから、ちょっとしたことにも過剰な反応をしてしまう。

「うちの子供の好きなところは、そうですね、笑顔です」

「ほぅぅ〜」（全員で）

「子供を育てているというより、育てられている気がします」

「うんうんう〜ん」（全員で）

自己紹介中に、我が子の好きなところと休日の過ごし方を盛り込むルールのため、喋る側も照れてしまい、かなり言葉を選んでいる。笑いを取りに行くような余裕はないし、園児の父として参加している意識が強いのか、自分の職業にさえ触れない人もいる。触れたとしても社名などは出さず、職種程度。それも、平日は会社があるので送り迎えができず、園に関わる時間が少ないのが残念、みたいな文脈だ。

ぼくも、この影響をモロに受けてしまった。

「はじめまして、たんぽぽ組の○○の親父です。えー、50歳になりますが、父親歴4年でとまどうことがいっぱいです。娘の好きなところは……勝手にお話を作るところですかね。わけがわからなくておもしろいんですが、話がいつまでも終わらないのが難点で」
「ほぅぅ〜ん」（全員で）
これじゃあ、ぼくが何者なのか伝わらないのでは。もっと具体的な話を入れねば。
「職業は文筆業で、仕事のない日が休日です。週に一度くらいは送り迎えをしています
が朝は眠くて、えー、あ、休日でした。そうですね、なるべく一緒に何かをするように。
やはりこう、作るとか、親子で楽しんで。つい甘やかしちゃうもので、それはイカンよ
と反省したりの日々ですが。そういうわけで、よろしくお願いします」
ダメである。気持ちに言葉がついて行ってない。

流れを変えるべく、複数の子供がいる、園とのつきあいが長い2、3人が冗談を飛ばす。園長が雰囲気を和ませる話題を振る。そのたびに小さな笑いは起きるが単発。隣り合うメンバーと短い会話に戻り、肴を食べる。酒の追加オーダーだけがひっきりなしだ。

では我々はシラケているのか。違う。手探りしているのだ。

一期一会でいいなら、初対面であろうとも適当に騒いで別れればいい。カンタンだ。でも、そんなことをして何になる。この先、仲間や友人になれるかもしれない人との大事な時間をそんなしょうもないことでつぶしたくない。仕事の話、過去の経歴、趣味、

うちの子自慢といった無難な話題をあえて封印。妻との役割分担、園とどうつきあうべきかなど、地味だがリアリティのあることを選んでしまうのは、それぞれの立場や考え方を学んだり理解したいからに他ならない。

内容は断片的だけれど、ぼくは近くにいる父親たちと言葉少なにそんな会話ばかりしていた。よそでは、したくてもできない話をしていた。

お開きの時間が来る前、メーリングリストを作ろうじゃないかという案が出た。園がオヤジのパワーを必要とするときは、時間の取れる者が駆けつける、と。でも、それは表向きの理由。賛同の声が多かったのは、これっきりにはしたくないという思いがあるからだ。

「結局、飲み会の誘いだらけになっちゃったりして」

幹事の声に、やっと大きな笑いが起きた。

「自己紹介が始まるまではシーンとしていて、どうなっちゃうかと思いましたが、やって良かったですよ」

表に出ると、園長が話しかけてきた。そうか、そうだよな。初対面でいきなり話が弾むほうが不自然ってものなのだ。

最後まで父親たちは誰ひとり愛想笑いをしなかった。ぎこちなくて不器用かもしれないが、懸命に大切なものを守っていたように思う。それが何かはよくわからない。でも、たしかに守ったのだ。

男たち、それぞれの旅路

駅まで行ったら、JR中央線が変電所火災でストップしていた。

構内は復旧を待つ人であふれ、何やら殺気立ったムード。朝からの雨はやむ気配もなく、ここまでくる間に傘まで壊れている。いつもなら戦意喪失して、自宅で仕事をすべく引き返すところだ。

しかし、そうはいかない事情が今日はある。他線で大きく迂回しながら都心へ。正月明けから単身赴任で東京に出てきた旧友のAが、会社を辞めて郷里に戻ることになったため、最後に飯でも食おうと誘われていたのである。

「こんなことになっちゃって。わざわざすまんな」

1時間遅れて待ち合わせ場所についたぼくに、スーツ姿のAは大きなカラダをすくめて頭を下げた。

急な話だった。大学時代の学友であるヤツとは、ほんの2カ月前、20年ぶりの再会を喜びあったばかりなのである。しかもそのときは、たぶん定年まで東京で単身生活だと言っていたから、近いうちに同級生だった奴らの家を訪ね歩こう、などと盛り上がったのだ。

話は3日前にさかのぼる。

翌々日に迫った長女（3歳）の入園式に備え、仕事を片付けるべくパソコンに向かっていると、Aからメールが届いた。会社が傾いてきて、今退職すれば退職金もほどほどもらえるため、思い切って郷里に引き上げることにしたという簡潔な内容だ。

驚いたが、それだけならまぁ、よくある話である。が、10分後、やはり遠方に単身赴任中の学友Kからきたメールを見て、ぼくはう〜んと考え込んでしまった。

〈会社が希望退職者を募っている。オレもやばいが、子供2人抱えてる身、石にかじりついてもやめるわけにはいかない。50歳では再就職も難しいからな〉

じつは、Kも、Aと同じ会社で働いているのだ。ふたりとも、大学卒業以来、その会社一筋。家も建てたし、Aには中学生、Kには高校生の子供がいて教育費もかかる。少し前までは会社も安泰、定年までつつがなく勤め上げるというライフプランを立てていたはずだ。それがいきなり崩れ、Aは退職を、Kは残留を、素早く心に決めたのである。

道は分かれたけれど、ふたりの文面からは共通の匂いがする。自分より家族のことを考えての決断だということだ。自分は夫として、親として、妻子を守っていかねばならん。そのためにどう行動するのがベストか。背景にそんな思いがニジんでいるのだ。半世紀も生きてきた男の決断は、それなりに重い。

そういう年代なんだなと、あらためて気がついた。ずっと自営業で、40代後半になって子供を持ち、入園式で浮かれているぼくのような50歳はごく少数派なのだ。

80年代初頭に社会に出たとき、日本の企業はまだ終身雇用を謳っていて、皆そんなもんだと思っていた。中堅になった頃にはバブル到来で死ぬほど働かされ、管理職になるとバブル崩壊でどん底も経験。山あり谷ありのなか、もがきながらここまできた。上の世代のように「日本を支えてきたのはオレたちだ」なんて誰も思っていないだろう。かといって下の世代のように「会社は会社、自分は自分」と割り切ることもできない。この中途半端さが、ぼくらの世代の特徴かもしれない。

でも、だからといって、ただクラゲのように生きてきたわけでもないのである。一度、結婚に失敗したAは再婚後、妻の母親と同居すべく家を買い、自分は単身赴任であちこちへ転勤する生活を長年やってきた。Kは赴任先に家族を呼び寄せて目の届く範囲で子育てを行い、受験が近づいたタイミングで家族と自分を切り離し、ひとりの寂しさに耐えながら生活してきた。

　さして自慢するようなこともない平凡な人生かもしれないけど、手は抜いてない。会う機会こそめったにないが、たまにくる手紙やメールから、ぼくはそのことを知っている。だからこそ、ヤツらの決断は心にしみる。胸が痛くなる。

「家のローンかな。退職金で残りを全額払えば気がラクになるだろ。仕事は何でもいいと思ってるんだ」

　辞める理由を尋ねると、Aは即座にこう答え、先を続けた。

「会社は騒然としてるよ。でもオレ、辞めるのも大変だけど残るのも地獄だと思う。なんたって傾いてるんだからさ。定年まで会社が存続できるかどうか。若ければまだしも、オレなんて残ったところで窓際確実。そう考えたら、辞めようと心が決まったんだよね」

　カアちゃんに相談しようと電話したら「お父さんが自分で決めて」、そう突き放されたと、Aは頭をかいた。でも、一晩悩んで結論を出したとき、仕事のことより一緒に暮らそうと言われたそうだ。たぶん待ったんだな、夫の決断を。

で、仕事のあては？

「ない。このご時世だもん、あるはずない。でもな、オレ、子供とじっくりつき合ってこなかった気がしてさ。それがずっと引っかかっていたんだわ。ちょうどいい機会だよ」

幸い、失業保険などで1年くらいは猶予期間がある。その間、あまりうまくいってい
るとはいえない子供との関係をなんとかしたい。これまで、煙たがられたりウザいと言われる世間の父親をうらやましく思うくらい、子供のことを妻に任せきりだったのだ。予定通り定年まで東京にいたら、子供は成人し、ヘタすりゃ戻る頃には家にいない。

「それはいいとして、1年後はどこにいるのやらだな」

「はは、どこでも行くよ。単身赴任には慣れてるからさ」

「旅は続く……しぶといな」

話が一段落すると、Aはバブル時代のハチャメチャな仕事ぶりを語ってくれた。当時は仕事の嵐でおかしくなりかけ、無意識のうちにオフィスの窓から飛び降りようとしたこともあったらしい。辞表を用意したこと、過去に2度。そのたびに〝家族のため〟と思いとどまったが、今回、同じ理由でそれを提出した。

「Kも悩みに悩んで辞めない選択をしたと思う。とにかく行けるところまで行こうと。Kはオレと違ってちゃんと子供と接してきただろう。せめて一人前になるまではと。よくわかる。ホント、わかるんだ」

まさかお前に励まされる日が来るとは、と笑いながらAは改札の向こうに消えた。そうだよなあと頷き、ぼくも家に帰ることにする。今夜は、子供にうるさがられるほど遊び倒してやろうと心に決めて。

パパママ問題

友人たちと食事中、最近は親のことを「とぅと、かぁか」と呼ぶ幼児が多いという話題になった。祖父や祖母は「じぃじ、ばぁば」。そういえば我が家もそうである。

こうして活字にすると、ちょっと気味の悪い語感ではあるが、ぼくはこれ、嫌いではない。ジジババはともかく、これならばスムースに「おとうさん、おかあさん」へ移行できるだろうと思うからだ。〝親をなんと呼ぶか問題〟で苦労した身としては、うらやましいとさえ感じる呼び方である。

「なんですか、〝親をなんと呼ぶか問題〟って。私は普通におとうさん、おかあさんでしたよ」

え、そうなのか。でもそれは30代前半の女性だからなのでは。50男は悩んだはずだ。なあ御同輩。

「いや、オレんちは昔風にとうちゃん、かあちゃんだった。末っ子だったせいもあるだろうけど。で、北尾は何だったわけ？」

「……&%$#」

「え？」

「パパとママだよ！」

「あはは、そう言えば多かったなあ、そういうヤツ」

軽く笑い飛ばさないでもらいたい。こっちは、この呼び方でいたく苦労したのだ。現在40代後半から50歳くらいの長男なら、わかってくれる人もいると信じる。友人たちが帰ってから、親をパパ、ママと呼ぶ使い方は、死語に近くなっていくんだろうなと思った。

我が子に自分たちをパパ、ママと呼ばせることは、きっと高度成長期の流行だったのだ。TVドラマ『パパと呼ばないで』が１９７２年に放送開始だったことからも、その頃まではメジャーな呼び方だったとわかる。その後急速にすたれたのは、あまりにアメリカンな響きと自分たちの生活とのギャップからだろうか。

話を昭和30～40年代に戻す。

まわりの多くはそうだから、幼稚園までは良かった。小学校低学年もなんとかなる。

が、3年生あたりから、男子は「おとうさん、おかあさん」と呼び方を変えていき、なかなか脱皮できない子を冷たい目で見るようになる。おかしなもので、こうなるとごく自然に言えていたパパ、ママが、急に恥ずかしくなるのだ。

あせる。一日も早くパパ、ママから卒業しなければと思う。でも、きっかけがつかめないんだコレが。

「あのー、おかあさん」

「え、どうしたの」

「あ、ママ、今日の晩ご飯は何?」

「あんたの好きなおでんよ。パパも今日は早く帰るって」

心に悩みを抱えつつ、どうにもできないまま中学生になった。パパ、ママ問題はもう深刻である。友達の前ではおとうさん、おかあさん。家に帰れば相変わらずの二重生活。たまに間違えて友達の前でママと発してしまったときなんか顔真っ赤だ。

この壁を突破しなければ生きて行けないとまで思い詰め、意を決してパパ、ママの使用を封印したのは中2くらいだったろうか。遅い。いま思えば、親も切り替えのタイミングをつかみかねていたようだ。後で聞くと、この子はいつになったらおとうさん、おかあさんと呼び始めるのかと心配になっていたらしい。

これでやっと一人前になったと思った。ところが男の苦悩はまだ続く。社会人になると、今度は皆が親父、お袋と呼び出すのである。ぼくの場合、父が早く他界したためそう呼ぶ機会はついになく、母のことはいまだ自然にお袋と呼ぶことができないでいる。うちのお袋が、とは言える。遠くから、お袋ーと呼びかけることはできる。でも、いまだに面と向かうと言葉にならず。ぼくは〝親をなんと呼ぶか問題〟を40年も引きずっている情けない身なのだ。

そんなぼくにとって、交際相手（いまの妻）が、一家総ぐるみのパパ、ママファミリーだと知ったときは衝撃だった。娘2人が両親をそう呼ぶだけじゃなくて、親同士もそう呼び合うのである。そこには照れも何もない。昔からずっとそうやってきて、誰もそれを不自然だとは思っていないのだった。

この調子だと、結婚して子供ができたらパパママ確定では……いかん、それは受け入れられん。いまのうちに彼女と別れたほうがいいのかも。そんなことまで思った。

それほどまでに強固なパパ、ママファミリーに変化が生じたのは、孫が誕生してからである。孫たちからじぃじ、ばぁばと呼ばれることに慣れるにつれて、まず娘たちが両親をそう呼び始めた。そのうち、義母は義父をじぃじと、義父は義母をばぁばと呼び始めた。役割が変わったということだろう。

おもしろいなあ。本人たちにとっては、呼び方なんてたいした意味などないのだ。最初はそうしたいと思ってパパ、ママを選択したのだろうが、その後を決めるのは子供であり孫である。パパでもじぃじでもいい。義父は威厳など求めず、自分の立場を柔軟に受け止め、楽しんでいるようにも見える。

と、ここまで書いてきて、似たようなことが我が身にも起こりつつあることに気がついた。妻がぼくのことを、「とぅと」と呼ぶ機会が増えているのだ。娘がそばにいるときはそれが自然だが、最近はそうじゃない場面でも「とぅとはどうする？」などと言ったりする。

それは習慣に近いものだからいいとしても、先日、朝起きてキッチンで会うなりこう言われたときは激しく動揺した。

「おとうさん、朝ご飯食べるよね」

娘はまだ布団の中。意識してか無意識かはわからないが、妻はここへきて立場の変換をしようとしているとは言えないか。考えてみたら、ぼくは妻をあだ名で呼ぶが、妻は以前から、ぼくを特定の言葉で呼ぶ習慣がない。せいぜい「あなた」くらいだ。「おとうさん」はその意味でも、妻にとって獲得すべき言葉なのかもしれない。

「食べるよ、おかあさん」

もしもそう答えたら、確実に何かが変わる気がした。実質的にはすでに夫婦から親に移っている軸足が、しっかり固定されてしまう感覚だ。

よくわからんが、ちょっと待ってくれという気分だった。いずれはそうなる。それを拒絶するつもりはないけど、いまはまだ心の準備が。

「何がおとうさんだよ。食べるに決まってるじゃん」

反射的に笑ってごまかした。娘が小学校に入るくらいまででいい。ぼくはもうしばらく、名無しの権兵衛でいたい。

妻への感謝を言葉にする

長い間一緒に暮らしていると、妻に感謝する気持ちはあっても、言葉で表現する機会は激減してくると思う。お互い空気のような存在だし、いまさら取ってつけたように浮ついたセリフを口走るのもなんだかヘンだ。そのシーンを想像するだけでもカラダが痒くなってくる。気がついたとき、さりげなくホメるくらいでちょうどいいではないか。妻だって無骨な男の心の声をわかってくれる……はずがない。

何も考えていないわけではないが客観的には何一つ考えていないとしか思えない状態では、伝わるものも伝わらないだろう。好きなように仕事をし、取材だなんだと飛び回っていられるのも、妻が家事のモロモロを受け持ってくれればこそ。たまにはしっかりと、感謝の気持ちをカタチにしてみよう。

そんなことを考えたのは、15回目の結婚記念日が近いことを思い出したからだ。同棲期間を含めれば、人生の1／3近い年月をともにすごした勘定になるが、最近はうっかりこの日を忘れることもあって、顰蹙《ひんしゅく》を買うことが多いのだ。

どうせなら心を込めたい。それにはどうするのがいいか。高価なプレゼントは柄じゃないし、ブランド品などで茶を濁すのは財布にキビシい割にオヤジ臭すぎる。我が相方が特定のブランドを好きだと言うのを聞いたこともないのだ。柄に合わないことはやめたほうが無難だろう。

ここはひとつ、手紙を書こうと思った。妻への感謝状である。日頃口に出せないことも、文章なら書けるのではないだろうか。後々まで保存されてしまうかもしれない危惧はあるが、そこまで覚悟して書くのだから、飾りも嘘もない本心を伝えるしかない。せっかくやるなら、照れをかなぐり捨てて真っ向勝負で行こう。

分量はそうだな、長過ぎず短すぎずの便せん2枚が妥当な線。買ったきりで放りっぱなしだった万年筆を探し出してインクカートリッジを取り替え、家族が寝静まった後で下書きに取りかかってみた。まず宛名を書き、行替えして本文に移る。

〈早いもので、ぼくたちが結婚して15年の月日が流れました〉

なんだこりゃ。店舗の15周年記念セールの案内みたいだ。恥ずかしがってる場合じゃない、もっと単刀直入に迫らねば。

〈結婚15周年の日に、日頃言えなかったことを、この手紙に書くことにします〉

うーん、これだと愛人がいるとか隠し子がいるなんていう懺悔《ざんげ》の手紙だよ。

〈いつもありがとう。感謝を込めて一言、お礼を書きます〉

今度は友達への手紙になってしまった。ちっとも気持ちが入ってない感じがする上、これに続く言葉がまた弱い。

〈でもまあ、なんだかんだでよく別れもせず15年間も一緒にいたもんだよね〉

ダメである。まるで普段の会話そのままではないか。しかし自分の気持ちに素直になると、こんな文章にしかならない。どっしりした重みがニジミ出てこない。齢《よわい》50にして相も変わらず軽量級の哀しさよ。

〈結婚15年を経た今日、貴女への最初で最後の手紙を書きます〉

それじゃ遺書だろ！

あれこれ試しているうちに、完全に筆が止まり、書き出せなくなってしまった。

考えてみれば、ぼくと妻はなんとなく知り合って付き合い、同棲し、結婚したわけで、鮮烈な出会いもなければ劇的な事件もなかった。だから感謝といっても、あの日あのときあの場所で、みたいな話にはならず、ずっと飽きずにいてくれてありがたい、というような展開になってしまう。つまり、とりたてて手紙に書くほどの重要なエピソードに欠けるのだ。が、だらだら小さなことを書き連ねて、お互い健康で長生きしようで締めくくられた手紙を有難がるほど妻は老けこんじゃいない。

断念した。こうなったらオーソドックスに、言葉で伝えるのみである。泣かせるセリフなど必要ない。顔つき合わせてのコミュニケーションなら普段の調子でいい。

「いつもありがとう、15年間はあっと言う間だった。これから先も一緒にやっていこう」

ぼくが妻に言いたいことは、結局のところこれなのだ。

結婚記念日当日、百貨店でイヤリングを購入して早目に帰宅した。玄関を開けると娘が走りよってくる、いつもの我が家だ。妻はリビングで雑誌を読んでいた。

あれ、部屋がやけに散らかっているな。キッチンからいい匂いもしない。まあ、忙しかったんだろう。子供は手が焼けるからな。

「おかえり～」

妻が雑誌を置いて立ち上がったので、いまがチャンスとラッピングされた小箱を渡す。

満面の笑みが返ってくるはずだ。そしたら間髪入れず感謝の気持ちを……。

「これくれるの？　なんで？」

いや、だから、久方ぶりの結婚記念日プレゼントをだな。

「あ、そうか結婚記念日か。あはは、完全に忘れてたよ」

なんということだ。しかし、ぼくも忘れていたことがあったから文句も言えない。それはいい。それより早く箱を開けたらどうだ。

「イヤリングか、ありがとうね」

だが、タイミングが悪かった。素早く耳に当て、鏡で確認すると、妻は娘の尻を叩いて入浴の準備を始めてしまったのだ。

「さてと。ほらほら早くお風呂はいらないと8時まわっちゃうよ。早くお洋服脱ぎなさい」

おいおい、もう日常に逆戻りか。それはイカンよ。ぼくには言いたいことがあるのだ。

「慌ただしく時間が過ぎたけど、いつも感謝してます。これからもいろいろあると……」

「え？ 悪いけど私は明日の準備があるからさ、先にお風呂に入っちゃっていいかなあ」

はあ。そりゃ構わないが、人の話を聞く時間もないのか。

「今日、何かあったの？」

「ねぇよ。ただ、結婚記念日だからと思って、その、日頃の感謝を」

「そうね。これからもヨロシク！」

屈託のない笑顔を残し、妻は娘と浴室に消えて行った。ガックリ疲れたぼくは、ひとり寂しくイヤリングを手に取る。

ま、こんなもんだろ。呟いた途端、なぜかホッとした気分に包まれた。

六本木交差点で待ち合わせオヤジとすれ違う

待ち合わせの時間まで30分あったので、時間つぶしのため六本木交差点近くのファーストフード店に入った。コーヒーを片手に2階へ上がり、唯一空いていた席に腰を下ろす。タバコを取り出して火をつけ、熱いだけが取り柄の液体を一口すすり込んだらもうすることがない。本でもひろげたいところだが、地下鉄の中で読み終えたばかりだ。まいったなあ。

ただいま午後6時。周囲を見回せば、客の大半が若い女性で、ぼくの右前方には高校生グループもいる。4人組なんだけど、3人はこれから何かあるのか化粧の真っ最中。服装も派手だ。ひとりだけ制服姿がいて、このコは教科書を広げている。会話から察するに、彼女たちは同級生のようだ。すると3人はここで着替えたのか。足元の大きな袋には制服が入っているんだろうか。メイクすればするほどどこにでもいるネーちゃんに近づく3人より、唾を飛ばさん勢いで会話しているそばでアイスコーヒー飲みながら勉強してる制服のコがぼくにはおもしろい。

その近くでは不動産関係の営業チームが本日の反省会。飛び込み営業の成果がかんばしくないため、ダークスーツに身を包んだリーダーが活を入れているのだ。

「疲れるのはわかるけど、基本的には数まわんないとダメだから。まず最低30こなさないと、10や20じゃ話にならないじゃない」

ファーストフード店で説教されてもなあ。リーダーは熱心に語りかけるが、聞いているのは女性スタッフ1名だけ。

「どうしてもあきらめモードに入ってしまって。いけませんね」

「そこ、そこ大事。オレが言うことわかるよな。明日はオレ、本部詰めで外回りできないけど連絡はひんぱんに入れるから。とりあえずルートの確認、みっちりやっとこう」

しかし残る男2人は上の空。早く帰りたいと顔に書いてある。ここらで河岸を変えて飯でも食べさせてやっちゃあどうだ、リーダーよ。

そんなことを考えていると、女子高生と営業チームに挟まれたテーブルに腰掛けた、推定55歳のマジメそうなおやじが目に入った。やや薄くなった髪を七三に分けた佇まいは店内で明らかに浮いている。

おやじは誰かと会う約束でもしているのだろう。階段を凝視しつつパカパカとケータイを開け閉めしている。さっき上がってきたとき、突き刺すような視線を感じたのはこれだったのか。灰皿には吸い殻が5、6本。ハンバーガーを食べた形跡はなく、アイスコーヒーは氷が溶けて水っぽい。かなり待たされているようだ。30分かそれ以上だろう。

表情は苦渋に満ちている。待つだけでもイライラするのに、両サイドからはおやじへの配慮などかけらもない大ボリュームの嬌声と騒音。ときどきチラリと見るときの不愉快そうな視線から察するに、娘を持つ父親なのかもしれない。一刻も早くここを出たいが、待ち人いまだ来らず。ときどきつくため息が、異様に深い。

それにしてもおやじ、誰と何のために会うのか。この店にメリットがあるとするなら、場所がわかりやすいことだ。ここで落ち合い、すぐに移動するつもりだと考えられる。指定したのも相手だな。ここで待つように言われたはずだ。でも来ない。おそらく連絡も取れない状態になっているのではないか。だから動けない。どこへも行けない。

相手は仕事関係か。いやいや、それならもうちょっと気の利いた店を選ぶだろう。交差点の向こうにはアマンドもある。では友人か。それも却下だ。推定55歳のおやじ同士で待ち合わせるなら駅か飲み屋。ファーストフードはありえん……。

午後6時過ぎは中途半端な時間だ。店内でおやじは我々だけだが、ひとり客の若い女性はたくさんいて、文庫本を読んだりポテトをつまみながらメールを打ったりしている。誰かを待っている気配はない。帰宅するには早すぎるけど予定があるわけでもない人たちが、なんとなく集まっている感じがする。違う。七三おやじとは明らかに人種が違う。仕事関係でも友人でも孤独を楽しむのでもないとすると、おやじが待っているのは……。

あ。女なのか！

辛抱強く待ち続けていることからも、その可能性は高いと思える。この店を選んだことから推察して、年齢はずばり30歳以下。不倫相手を待ちわびていると考えるとつじつまが合う。待ち合わせて、どこかで食事でも、というコースだ。

おやじは両手でケータイを握りしめ、眉間にシワを寄せて画面を凝視し始めた。これによって両サイドの声をシャットアウトし、マナーモードのわずかな震えも逃さない構え。3分、5分……すごい集中力だ。ふたりの間にはケンカとか、別れ話が持ち上がっているとか、あるいはおやじの妻が浮気に気づいたとか、切羽つまった事情があるのではないかと思わせる。まあ、ぼくが勝手に妄想してるだけだけど、そうとでも考えないと理解できない動きなのだ。

が、実らない。ケータイ、微動だにしない。何度目かのメールを打った。そして今度は目を閉じ、心持ち両手を上に差し出す。

祈りの姿勢である。勉強中の女子高生が人間じゃないものを見る目つきでそれを眺めている。

ダメなのか。このまま待ちぼうけなのか。いったい何があった彼女に。んもう、見てられん。連絡くらいしてやれよ。

そのとき、マナーモードにするのを忘れていたぼくのケータイが鳴った。待ち合わせた相手が駅に着いたのだ。すぐ行くと短く答えてカップを片手に席を立ち、何気なくおやじのほうを向くと……凄い。凄い目つきでこっちをニラんでる。

どうしてアンタには来て私には連絡が来ないんだ?

そうか。おやじから見れば、ぼくも店の中で浮いた存在、同じ匂いのする客だったのだ。そんな、ぼくが待ち合わせしたのは編集者で、しかも男なんです。色気なんてまったくないんです。耐えて下さい。彼女がこのまま来なくても、どこかの飲み屋で悪酔いして誰かに絡んだりしないでください。

心で手を合わせ、六本木の街に出る。うまくやっている連中が、楽しげに夜を闊歩している。おやじの祈りが通じたか気になって、ぼくはその後の取材にさっぱり集中できなかった。

単独行動に打って出る

不安だらけの人間ドック

体調に不安があるか、よほどマメな性格でないかぎり、自ら進んで健康診断を受ける人はいないだろう。サラリーマンも会社が受けろというからやるのであって、そうでなければたいていの人は受けないのではないだろうか。まして人間ドックなんてアホらしい、と思っていたら、自分がやることになってしまった。そろそろ1回、メンテぐらいしたらどうかという妻からの要請である。

「健康診断なら、何年か前に区がやってるタダのを受けたからいい」

そう言い張ったが、あんなカンタンなものではガンなど見つかりっこない、本格的なチェックを受けるのが怖いのかと畳み込まれ、成り行き上、引けなくなってしまったのだ。

怖いに決まっているではないか。

喫煙歴30年、昼夜逆転の不規則な生活を長年続けてきたのだ。検査すれば何も出ないことなど考えられん。もしガンだったらどうする。入院か、手術か。いまはピンピンしてるんだから、ガンになっていたとしても、放っておけば自然に治るのでは。病は気からというし……。

そんなわけはないよな。わかっている。早期発見が大事なんだよな。

受診は熱海の病院に決まった。基本的な検査に肺と胃のＣＴスキャンを加えた3時間コースである。

こちらの不安をよそに、妻は人間ドックと温泉旅行を組み合わせたプランを強行するつもりだ。重病だったらどうすると思ったが、検査結果は後日出るので問題なし。ガンだったら明るい気分の旅行は二度とできないかもしれないから、その前にせいぜい楽しもうということらしい。まったくなぁ。現実的すぎて返す言葉が見あたらんよ。

まぁいい。せっかくの機会である。どんな人が人間ドックにやってくるのかしっかり見てこよう。とくに体調に不安のないぼくでさえ緊張するのである。身に覚えのある人ならなおさらのはず。しかし、そこは大人。ぐっとこらえて平静を装うのか。逆に、お互い二度と会うことのない気楽さから、思わずつらい心情を吐露するのか。

熱海だけに温泉宿に前泊してドック入りするコースもあったが、とてもそんな気にはなれず、早起きしてクルマを飛ばした。途中、眠気ざましにコーヒーを飲んだ以外は〝夕食以降は飲食禁止〟のルールを守り、午前9時に受付完了。ロッカールームで検査服に着替え、控え室で開始時刻まで待つよう指示された。

待合室にはすでに患者らしき人が大勢待っている。私服だからドック組ではないようだ。いいね、このほうが。ドック組ばかりでは静かすぎてかえって落ち着かない。

しかし、誰もやってこないね。看護師さんに聞いてみるか。今日のドック組は何人いますか？

「おひとりです」

え、ひとりってぼくだけか。自信満々で熱海に乗り込む中小企業の経営者とか、シクシク痛む胃を抱えて検査前から死にそうな顔で訪れるオヤジとか、いないのか。

「いらっしゃいません。さあ始めましょう。A室に行って下さい」

ということで、心の準備もできぬまま肺のCT撮影からスタート。こちらとしては、ドック組のガン発見率とか、発見された人の進行状況など尋ねてみたいのだが、そんなことが許される雰囲気はどこにもない。血圧検査ではコーヒーを飲んだと言ったら女医に叱り飛ばされ、胃カメラではバリウム飲んで宇宙遊泳のように診察台をまわされた。その間、会話らしい会話はなく、不安が募る一方だ。しかも、ひとつ検査を終えると控え室に戻り、また名前を呼ばれて次に進むシステム。一般患者の前を検査服でウロウロすることになり、目立ってしょうがない。

「はい、最後は先生が診ますからね。診療室に行って下さい」

あらかた検査を終えたところで看護師さんに言われた。最後に口頭で体調の確認をするか、聴診器を心臓に当てるかするのだろう。そう思って中に入ると、机の脇にビッシリと、さっき撮った肺と胃の写真が張り出されているではないか。そして、その横には医者。もう結果が出たのか。

「はい、ここ座って」

苦みばしった顔でこっちを見るのはやめてくれないか。たとえ結果が悪くても、患者を落ち着かせることが医者の責務なのでは。

「これ肺。これ胃。影なさそうです。あなた、ガンは問題ないネ」

医者は中国人でイントネーションが怪しいようだが、まずはホッとした。あらゆる角度から細かく撮影されているから、ガンがないというのは確かだろう。でも、心臓の脇に妙なふくらみがあるような気が。

「はい、これ○○ネ。だけど心配ない、だいたい大丈夫」

「え、いま動脈瘤と言いましたか」

「いまのところ大きな問題ではないネ。あとここ、胃炎あるネ。食事とか、少し注意ヨ」

語彙不足な医者の説明により、ガン未発見の喜びは消え去った。心配ないと言われたって、こんな写真を見せられたら驚くに決まっているのだから、もっとていねいに説明してほしい。

詳しくは後日送られてくる正式な検査結果を待つしかない。ぼくは家族と合流して、問題がなさそうであると伝え、温泉で汗を流した。動脈瘤。ぐんぐん大きくなって破裂したらどうするんだ。医者があぁ言ったから平気なのか。信じていいのか。

ぼくは楽観的と言われるほうだが、それでもナーバスになっていたのだろう。帰宅後は急激に食欲を失い、何を食べてもおいしくないのだ。大好きなコーヒーを飲むと、胃に引っかかるような感じで、気分が悪くなってしまう。タバコさえもまずくて吸う気になれない。まるで胃が摂取を拒否しているようである。

こんなことは生まれて初めてだ。きっと胃炎が悪化したに違いない。

ぼくは、遊びにきた病気マニアの友人に、密かに症状を訴えた。

「ドック以来、便通もないんだ」

友人の顔色が変わった。バリウムをいつまでも体内に残しておくと、大変なことになるという。

「あの、ひょっとして下剤を飲み忘れてない？」

飲んでなかった。ぼくは胃壁にバリウムを貼付かせたままだったのである。これでは胃に活動しろというほうが無理なのだ。慌てて飲むと、翌日には白い便が流れ落ち、嘘のように食欲が復活。

「あなたって……マヌケだね」

事の次第を知った妻のタメ息は、思い切り深かった。

オヤジ・スイーツ、おひとりさま

ぼくは甘党である。

年期も入っている。母方の実家が福岡県の門司港で菓子舗を営んでおり、ヨチヨチ歩きの頃から和菓子の味を教え込まれたのだ。そのため、小学校に上がる頃には頼まれもしないのに店に出入りし、役にも立たない売り子や運搬係を買って出る子供に育っていた。

もちろん、目当てはできたての饅頭を食べることだ。あと、カステラを切断するときに出る切り落としを食べるのも好きだった。あの甘さの凝縮した端っこの味が……しつこいよ！

このように筋金入りの甘党として成長したぼくが、甘いもの好きを公言することに抵抗を感じだしたのは、高校生になってからである。甘い菓子は女が好むもの。男はそんなものを嬉しそうに食べるもんじゃない。喫茶店ではコーヒーだ。ケーキを頰張るなどカッコ悪くて話にならんわ。徐々にそんな雰囲気が濃厚になり、社会人になる頃にはもう、男の一般ルールとしてどっしり幅を利かせていたのだ。

つらいが、男社会で生きていくためには甘んじて受け入れるしかない。外ではビールを飲んで辛い酒の肴をつまみ、帰宅すると串団子なんぞに食らいつく〝隠れ甘党生活〟の始まりである。

しかし、時代は変わった。いまや男子厨房に入らずなんて誰も言わないし、男がデザートに嬉々として甘いものを頼んだって奇異ではない。いまどきの若者たちには甘党コンプレックスなどないだろう。

ただし、おっさんは別だ。昭和の男像をいまだ引きずる身にとって、外での単身スイーツ食いは相変わらずの難関なのである。誰かと一緒ならいい。たとえおっさん同士であっても、ケーキくらい注文できるようにはなった。が、ひとりではダメだ。評判のスイーツが食べたくても、ひとりじゃ店にすら入れない。

女子の壁が立ちふさがるからだ。

カップルはまあいい。若い男同士もギリギリ許される。でもおっさんのひとり食いはNG。ビジュアル的にも違和感ありすぎだ。

とまあ、うまいスイーツを店で食べたい衝動を感じるたびにあきらめてきたのだが、ここへきて、それは自意識過剰ではないかという気がしてきた。たかがスイーツである。おっさんが食べていたって、誰かが気にするか。否である。迷惑かけるか。否である。うん、きっと、ぼくが考えすぎなのだ。

小さな決意を固め、情報収集。どうせなら和風スイーツがいいと、汐留にある人気店に狙いを定めた。

折しも今日は、ぼくの誕生日である。50代の仲間入りとともにスイーツ店コンプレックスを克服。いいではないか。

適当に歩き、立ち止まったら目の前が店だった。ガラス越しに中を覗くと20人ほど客がいる。1組だけカップル、残りはすべて若い女だが思ったほどの動揺はない。おっさんの開き直りか。幾多の経験を通じて、羞恥心が劣化しまくった結果かもしれない。わずかに残る羞恥心のカケラがにじみ出てこないうちにと中に入ると、すかさず女店員の明るい声が飛んできた。

「いらっしゃいませ、お待ち合わせですか?」

「ひとりです」

「あ……ではこちらの席へどうぞ」

やや怪訝な顔をされたが、そこは商売。イヤな顔ひとつせず、テーブル席まで案内してくれた。先客たちは話に夢中なのか、誰一人ぼくに注目したりはしない。なるほど、やはり時代は変わっていたのだ。まいったね、こんなに普通の雰囲気なのに、長い間、何をためらっていたのだろう。

これで気がラクになり、注文もスムーズ。あらかじめ目をつけていたぜんざいと抹茶のセットを躊躇なく頼むことができた。京都の老舗という触れ込みだし、これで千円以上するからには国産小豆を使用していると考えて間違いない。素材さえ確かなら、これだけの客がいるのだ、味も上々のはず。

禁煙のため手持ち無沙汰ではあったが、手帳など覗き込んでいるうちに、ぜんざいが運ばれてきた。アツアツのところをさっそく一口。

う、うまい。

もちの焼き具合もちょうど良くて、適度な歯ごたえを与えつつ口内で溶けていくようだ。さらに塩昆布も絶妙。甘さを引き立てる役どころをつつがなくこなしている。鼻孔をくすぐる抹茶の香りもいい。

夢中で食べ進んだ。目の前の食べ物だけを見つめ、口に運び、咀嚼する。ひたすらぜんざいを食う男である。じつに絵にならない姿だが、女だらけのこの店では顔を上げると視線のやり場に困るという事情もあるのだ。

ところが、そろそろ食べ終わる頃になって、複雑な気持ちがわき起こってきたのである。そりゃ、ぜんざいはうまい。味には満足している。でも、こんなにあっさり甘味コンプレックスが解消されてしまってはなあ。ぼくが望んでいたのは、周囲の冷たい視線を浴びながら、それでも最後まで食べ切る姿勢であり体験だったのではないか。

そのときだ。後方の席から囁くような声が聞こえてきたのである。

「あの人……ひとり……」

その言葉に、笑いが起きている。

「まさか……必死で……熱いのに」

もしかして、ぼくのことか。ぼくの単身ぜんざい食いを笑っているのか。

途端、堰を切ったようにわきおこる羞恥心。余裕も落ち着きもすべて吹き飛び、大慌てでぜんざいの残りを食べ、席を立つ。慌てていたのでテーブルにぶつかり、転びそうになってたたらを踏む。他の客がこっちを見た。そして、ここぞとばかり冷たい視線が浴びせられた。あきらかに、ヘンな人に対する目だった。

女たちはガマンしていたのだ。自分たちのテリトリーに踏み込んできたおっさんの動向を、静かに、鋭く観察していたのである。

男たちが格好つけて甘いもの絶ちしている間に、スイーツ店は〝女の居場所〟として定着していたのだ。食べることばかり考えていたぼくには、それがわかっていなかった。店を出て振り向くと、ぼくの後ろの席に陣取った3人がこっちを見ながら笑っていた。敗北感に打ちのめされ、新橋駅まで歩いた。でも、心のどこかにこれで良かったという思いもある。面の皮が厚くなる一方の自分に、まだ羞恥心が残っていることだけは確認できたのだから。

ラブホテルは進化したのか

これは、どういうことだ？

知人Nのブログを読んで首をひねったのは、こんなことが書かれていたからだ。

〈昨日は、仕事が忙しく帰れなかった。机でつっぷして、あるいは椅子を並べてベッドにして、数時間眠るという手もあるのだろうが、苦手。疲れが取れないので、こういうときは職場の近くに泊まることになる。最近は、ラブホテルが多い。部屋のグレードによるが、ビジネスホテルと同じぐらいの値段で広さも設備も断然良く、疲れが取れる〉

唐突なラブホ賛美である。話の流れからして、色っぽい過ごし方じゃないのは明白。ビジネスホテルよりはるかに快適だと言いたいらしいが、そっち方面に詳しくないぼくとしては違和感だらけの文章だ。

ラブホといえば、アレのみを目的とする、カップル御用達の秘密めいた場所ではなかったか。少なくとも、仕事に疲れた男が、深夜ノコノコ入っていって眠るところではないはずだ。他に選択肢がないならともかく、自ら積極的に出向くなんて、ぼくには考えられない。

こういうことがあると、どうにも気になって仕方がないタチなので、尋ねてみることにした。

「ラブホを使うようになったきっかけは、カプセルホテルや狭いビジネスホテルでは、どうにも疲れが取れなくて困っていたからなんですよ」

ついでに人肌も恋しかったと。

「違いますよ！　北尾さんはいまどきのラブホを知らないから、すぐそういう考え方をするんです」

わかっている。Nとてすでに40歳。きわめてマジメな男だし、勤めも堅い。仮にそういう目的で行ったのなら誰の目に触れるかわからぬブログに書くはずがない。しかし、それにしてもラブホと安眠ほど嚙み合わない関係もないと思うが。だいいちベッドがウィーンと……。

「動いたりしませんって。場末な感じもしないし、風呂は豪華かつ清潔、テレビは多チャンネル見放題、カラオケもあればゲームもできる。怪しげな雰囲気はほぼありません」

「ほぼ?」

「いやまあ、よく見ると枕元にコンドームが置いてあったり、スイッチを押すと風呂が丸見えになったりする仕掛けがありますね。でも、使わなければどうってことないです。もちろん隣の部屋の声が聞こえることなんてまったくありません」

宿泊施設としての優秀さを力説するN。料金は1万円前後だそうだ。

「ふたりならいいけど、ひとりで1万円払うなら、ビジネスホテルがいいように思うけどな」

そこは考え方だとNは言った。深夜でも飛び込みで利用できる点、フロントなどなく誰にも会わずに部屋まで入れる点を自分は買うと。うーむ、そういうものかなあ。

考えていてもわからん。泊まってみるか……。

ネットで情報を集め、歌舞伎町のはずれにあるそれらしきラブホに足を運んでみた。肩を寄せて歩くカップル、足早に客の待つホテルを目指すホテトル嬢と思しき女が行きすぎる中、少しドキドキしながらドアを開ける……って、何を年甲斐もなく緊張してるんだ。

Nが話していたように受付などはなく、薄暗いロビーにあるのは自販機のようなもの。

ここに、部屋の写真と値段が示してある。好きなのを選べということだろう。

いちおう吟味の末、中ランク（1万2千円）の701号室に決め、エレベーターで7階に上がると、降りてすぐの右側に部屋があった。部屋の鍵はすでに開いており、中の機械で料金を支払うシステムになっている。なるほど、だから誰とも顔を合わさず泊まれるのか。

ほぅ、室内もなかなかシックだ。テレビはでかく、カラオケのマイクが2本ある。事を済ませてから、デュエットでもするのかね。順序が逆か。カラオケで盛り上がったところで、そろそろベッドへということか。冷蔵庫かと思って開けてみたらオモチャを販売してるし。このあたり、娯楽性の提供に余念がないね。

照明もいろんなバリエーションがある。マッサージ機もあるし、風呂にはジャグジー機能までついていた。さらに洗面所には各種アメニティグッズがてんこ盛り。男性用化粧品の充実ぶりに時代を感じる。

どれ、さっそく湯につかるか。

ガシガシ髪まで洗い、湯上がりにはバスローブなんぞ羽織ってマッサージ機に背中を預け、持参のビールを飲みつつサッカー観戦とシャレこむ。飽きたら読書だ。藤沢周平、読みかけなんだよな。お、眠気覚ましのドリップコーヒーまで備え付けられているよ。

……虚しい。

本来の目的を無視してきているのだから当然なのだが、それを差し引いても、ここはキレイ過ぎるのだ。リッチなマンションの一室といった風情で、ラブホならではの非日常性、過剰さが希薄なのである。毒々しい色使いの家具、無意味なほど大量に張り巡らされたガラス、回ったり動いたりする舞台のようなベッドなど、ラブホ以外では使い道が思い浮かばないような調度品はひとつもない。インテリアから照明まで、すべてにおいて洗練されている。

昔が良かったなんていうつもりはない。どう考えたって、このほうが快適。Nが困ったときの宿にする気持ちもよくわかる。

でもつまんない。うさん臭くないラブホなんてラブホじゃない、と思ってしまうぼくは、すでに前世紀の遺物なのだろうか。

早朝に部屋を出て、ゴミ袋をあさるカラスを横目に見ながら駅まで歩いた。電車に乗り、家とは逆方向の目黒を目指す。かつて、ラブホの代名詞だった目黒エンペラーはまだあるだろうかと思ったのだ。

あった。周囲から浮きまくる、古城のようなゴテゴテした建物はいまなお健在だった。がんばってんなあ。

中は案外、最先端にアレンジされているのかもしれないが、どう見ても行き過ぎの悪趣味な外観は、Nのような健全な男を寄せつけない、うさん臭さのカタマリのようでもある。ここに入るにはある種の覚悟を要するのだ。うしろめたさという、見えない壁を突き破る覚悟が。

「やっぱり、こっちがいいや」

呟いてから、また駅まで歩く。通勤ラッシュにもまれているうちに、オシャレなラブホの記憶はほとんど消え去り、後に残ったのは威風堂々そびえたつ、目黒エンペラーの姿だけだった。

ブラ男の気持ちがわかるかい？

知人から、ブラジャーを愛用する男が増えているという噂を聞いた。

女装趣味人口が急に増えたとは思えない。とすればコスプレか。好きな女性キャラになろうとする男がたくさんいるってことか。まあ、いても不思議じゃないよな。べつにそんなもの見たくないが。

と、たいして興味も抱かなかったのだが、女装やコスプレ需要だけではないのだと知人は続ける。

「ブラ男っていうんだけど、ブラジャーをつけると身が引き締まる、という理由で愛用する人がけっこういるそうだよ」

引き締まるって言われてもなあ。愛用者はいったいどんな人なのか。

「妻子にはナイショでという人もいれば、妻公認でブラ男になってるツワモノもいるらしい。どうも、独特の心地よさがあるみたいだ。オレはテレビで見たんだけど、みんな一見、普通のサラリーマンだったよ」

かっちりしたスーツを着込み、電車内で日経なんぞ広げる中年オヤジ。妻子あり、部下30名を動かす切れ者部長にしてブラ男……どこが普通なんだよ！

しかし、バストを保護したり美しく見せるためのブラジャーが、胸のない男の身を引き締めるというのは意表をついている。

昔から日本の男は重要な場面になると〝褌を締め直し〟て気合いを入れたものだが、いまはブラでギュッと。無理があるか。だいたい、トップの膨らみがジャマでしょうがないだろう。

では何のためだ。そんなにまでして身を引き締める意図が理解できない。身体的な拘束感に加えて、バレたらマズいという緊張感がダブル引き締め効果をもたらすのか。あるいは、誰かに見られたらどう解釈されるかわからないリスキーさが仕事の緊張感を高め、効率アップにつながるのかもしれない。

「ほら、ブラ男のことが気になってくるでしょう」

グングンきてる。ただ、未経験者同士でいくら語り合ったところで何もわからないのが悔しい。

……つけてみるか。

数日後、女子1名に同行してもらい、秋葉原のコスプレショップに行ってみたが、店内を一周しても見つからない。恥ずかしいが、店長らしき人に訊ねることにした。

「えーと、ブラはありますか」

一瞬迷ったあと、ちらっと女子を見て首を横に振る店長。どうやら、同行女子が下着を探していると勘違いされたようだ。男用だと伝えたら、途端に笑顔全開になった。

「あります、あります。そうか、そうでしたか」

これでめでたくブラをゲット。どうせならと、黒地に赤い薔薇の刺繍が入った妖艶なタイプにしてみた。

帰宅後、さっそく上半身裸になって胸に当ててみた。

ドキドキするかと思ったがそうでもない。ぼくには女装者の素質はないのか……何をガッカリしてるんだよ！　それよりカラダが固いので背中に手が回らない。仕方ないので妻にホックを留めて欲しいと頼んだ。

「ははは。いいけど、まさかあなたと結婚してこんな日がくるとは思わなかった」

両サイドをぐいと引っ張られ、プチンとホックが留まる。なるほど、これがブラ男の拘束感か。両脇と肩から適度な締め付けがあり、悪くない感じだ。

とはいえ、平らな胸にブラをつけた姿は異様なのだろう。即座に3歳の娘からダメ出しが飛んできた。

「おとうさんキモチワルイ、そんなのしちゃダメ！」

服を着て表に出てみる。

まずわかったことは、姿勢が良くなることだ。胸を反らせばさほどじゃないが、猫背になると締め付けがきつくなるのである。それとは別に、どことなく気分が落ち着くのも事実。うつぶせに寝るときの安心感に近いものがある。

よし、準備は整った。街へ出よう。ちょうど銀座に用があるからこのまま行ってみよう。

この日はコートを着ていたので人目を気にする必要もなかったが、スーツ姿で出勤することを考えると通勤中も緊張感があるだろう。他者との接触は危険なのだ。ふくらみ云々ではなく、男の胸に触れて異物感があることなど誰も想像していないもんなあ。ブラ男、OL以上に満員電車が苦手に違いない。

などと余裕があったのも、銀座に到着するまでだった。圧迫感に耐え切れなくなってきたのだ。おまけに胸の谷間がない悲しさ、レースの先端が肌にチクチクあたってムズムズ痒いのである。冬はまだいい。透けて見えたら困るので、ブラ男は夏でも上着が脱げないはず。チクチクに汗の流れが加わったら、とてつもない痒さだろう。

動いているうちのズレもある。どうしても上にせり上がってきてしまうのだ。それにつれ、肩ひもが遊んだ状態になり、そっちも気になってくる。位置を直そうとすれば胸のあたりをなで回すことになって不自然。うかつには動けない。

まるで修行だ。痒さに耐え、手が妙な動きをしないよう常に気を配る。ブラ男はガマンの達人でもあったのだ。女装に萌えるわけでもなく、背徳感をバネにするのでもなく、ただ気持ちを引き締めるために耐えて耐えて耐え抜く。この能力をもってすれば間違いなく仕事もできる。女にもモテる。だが、アフター5の酒席でも冷静さを失うわけにはいかない。うっかり盛り上がってホテルへ行くことも御法度。ブラ男はそんなストイックな男なのだ。

ぼくには無理である。拘束後2時間、いまや電車の中で少し感じた〝こっそりブラをしている〟快感など吹っ飛び、胸の谷間を思い切り掻きむしることしか考えられなくなってしまっている。これで仕事するなんて不可能だ。

帰りの電車に乗る頃には、痛みさえ感じるようになっていた。きっとアンダーバスト85センチでは小さすぎたんだろう。もはや人目など気にしていられない。両脇の肉をつまんで下げる。トップのふくらみをつまんで横に移動させる。それでもまだ不快感は消えてくれない。

駅から家までは走った。ドアを閉め、がむしゃらに服を脱ぐ。そして引きちぎるようにブラを外した。

な、なんという気持ちよさ。これが自由のありがたみか。自分に還るとはこういうことか……。

最後の最後になって、彼らの気持ちが少しだけわかった気がし、二度とつけることはないであろうブラをそっと畳んでみた。

ぼくは弁当が嫌いだ

原稿を書いていると、仕事場をシェアしているO君がコンビニから戻ってきた。机をテーブル代わりに何か食べ始める気配だ。ペシッとふたを取り外す音に続いて割り箸を割る音がする。もしやと思い、反射的に身を固くしていると、O君が嬉しそうに背後から声をかけてくる。

「グルメの人から見たらとんでもないかもしれないけど、ぼくはコンビニ弁当が大好きなんですよ」

や、やはりそうだったか。

「うまいとかまずいとかを超えて、もーたまらんって感じです」

そういうものか。

「はい。本格的な料理もそりゃ好きだけど、幸せ感じるのはむしろこっちなんだなあ。

トロさんもそう思いませんか？」

「……どうかなあ」

キミがどんなに弁当が好きでも文句を言うつもりなどない。どんどん食べればいい。だけど、同意を求めるのだけはやめてほしいのだ。

ぼくは弁当が大嫌いなのである。コンビニ弁当だろうと駅弁だろうとおっかさんの手作りだろうと皆同じ。とにかく食べたくない。

少数派であることは認識している。50年生きてきて「自分も弁当が大嫌いだ」という人に会ったことがないからだ。むしろ逆。ぼくの観察によれば、大半の人は弁当を見ると顔がほころぶのである。

駅弁はデパート催事における不動のレギュラーメンバーであり、駅弁なくして列車旅なしを宣言する熱烈ファンも多い。

先日行った鉄道関係のフェスティバルでは、停車した古い車両を見学すべく乗り込んだら、座席を埋め尽くした鉄道ファンが満面の笑みを浮かべながら駅弁を食べていてのけぞったほどだ。いくらなんでも気分出し過ぎだろう。

仕事で出張するときなど、新幹線に乗り込むと同行する編集者が気を利かせてぼくの分まで買っていることもしょっちゅう。そんなときは大人げないと思いつつサンドイッチなんかを自分で買って食べる。食欲がないとか朝食を済ませたと嘘までつき、空腹を抱えて目的地を目指すこともめずらしくない。頼むからぼくのことは放っておいてください、という心境である。

手作り弁当も、手間暇かけたありがたみも加わって、分厚い支持層を誇っている。立派な社員食堂があるような会社でも、昼は愛妻弁当という人が多いのではないか。コンビニでもスーパーでも、弁当はひとり暮らしの頼れる味方として君臨している。大人気なのである。

だが、ぼくにはその理由がさっぱりわからない。味を評価するのならわかるのだが、たいていは食べる前からものすごく前向きの評価だもんな。もしかしたら、弁当という形態そのものが好きなのではないか。だとすると、ますますわからない。幼稚園時代から仕込まれ、パブロフの犬状態なのでは。

弁当、とくに幕の内弁当は、ご飯部分とおかず部分が区切られ、さらにおかずは品目ごとに色合いなども計算されて並べられている。そのチマチマした感じ、バランス良く箱におさまった佇まいを見ると、たちまちげんなりしてしまう。あれのどこに面白味があるのだろうか。過剰なところがまったくない小さなまとまりは、見ていて胸が苦しくなるばかりだ。おかずが死んでるんだよ!

偏見である。弁当は限られたスペースに必要な栄養を過不足なく盛り込むべく工夫され、アウトドアでも食べられる機動性さえ備える。まして手製ときたら愛情までたっぷり注ぎ込まれているもんなあ。ケチのつけようがない。だからか。その優等生的なところに反感を覚えるのかも知れない。

弁当を食べなくなったのは中学2年のときだった。このときの理由は単純で、転校直後にいまでいうイジメに遭い、友達が一人もできず、教室の片隅でひとり黙々と弁当を食べるのがつらくなってしまったのである。母親の作る弁当は卵焼きやウィンナーなどが整然と並び、何の文句もないものだったが、それがまた「しっかりやれ」と言われているようで喉を通らない。

仕方がないのでパンを買い、人目につかないところで食べる。機動性において弁当に勝るパンは、ぼくにとって自由の味がした。残った弁当は、たしか帰り道に捨てていたはずだ。ひどい息子である。

高校入学後は弁当を作ってもらった記憶がないから、断固拒否したのだろう。金がないときは昼を抜くのが普通だった。イジメの時期はとっくに終わっていたので、弁当が屈辱的な思い出と直結していたわけではない。もっとはっきりと、弁当という食べ物が嫌いになっていた。

どうして皆、昼と言えば弁当なのだ。親のことを古いと言い、抵抗しているような素振りをするのに、従順に食べている。心底不思議だった。

その頃、社会問題研究会とかいうヘルメットを被った連中に呼び出され「おまえも戦え」みたいなことを言われたことがある。入ろうかと思ったけれど、彼らが疑いもなく弁当をほおばっているのを見て激しく失望。それは違うだろうと考え直した。パンを買ってそのまま授業をサボり、名画座で3本立て映画を見てから帰宅すると、警官が待っていたことがある。ぼくが早退したことをヘルメットの一人が担任に言い、それが家に伝わって、念のために警官がきたのだという。ヘルメット姿は威勢がいいが、実態はこんなものか。そうだよな、弁当派だもんな。

たぶんこのとき、ぼくの弁当嫌いは確定の赤ランプがついたのだ。そして、このランプは30年以上経たいまも消えることがない。

う〜ん、ただの単細胞なのかもしれん。それとも意地を張っているだけか。そういえば小学生のとき絶交するのが流行ったことがあり、親友のK君から「ぼくたち絶交しよう」と言われたのを真に受け、1年間口をきかなかったことがあった。アホである。でも絶交なんてことはそのときだけだ。他にもたくさん意地は張ってきたけれど、この歳まで続いていることなどいくらもない。大事にしなければ……しなくていいよ！

「いやーうまかった」

コンビニ弁当を食べ終えたO君が心の底から満足そうな声を出す。良かった良かった。

さてと、ぼくもコンビニ行っておにぎりでも買ってくるか。お新香付きのヤツ。

おにぎりは器がなく単体で食べられるため、昔からOKってことになってる。つくづく、ややこしい人間なのである。

オヤジが真剣に買い物する理由

家に帰る途中、外食するのも煩わしくなって、最寄り駅にあるデパ地下で買い物をすることがある。面倒なので、たいてい寿司と吸い物だ。

時間帯によっては値引きサービスになっていることもある。そんなときは大いにトクした気になり、手みやげにワンパック追加するのだが、家族はすでに夕食を済ませているので何の関心も示さないのが残念だ。うまい買い物をしたと一声かける優しさはないのか。抗議してみたが、タイムサービスを狙うことなど主婦の常識であると一蹴された。

それはさておき、駅構内で買える便利さから、ちょくちょく寄っているうちに、気がついたことがある。

オヤジ率が高いのである。スーツ姿の40代、50代が、買い物かごをぶら下げて生鮮食料品売り場を歩きまわっているのだ。

独身者もいるだろう。家族に買い物を頼まれたり、ぼくのように家でサクッと晩飯を食べたい人もいると思う。でも、それとはどこか雰囲気の違うオヤジも混じっている。まず、独身者にしては生活感が強く、買い物に時間がかかりすぎている。目が真剣なのだ。かといって、家族がいながらのひとり晩飯にしては、野菜も買うなど品目が細かい。さらに、買い物に慣れていないのか、動きが洗練されておらず流れに乗れない。他の客とぶつかって頭を下げたりしながら、それでもめげずに売り場をさまよっている。

単身赴任者ではないかと思った。

家族と離ればなれになり、寮やワンルームマンションで暮らす会社員が、遅めの夕食を摂るべく買い物をしているのでは。あの独特の動き、きっとそうだ。でもなぜ、外食ではなく面倒な自炊を選ぶのか。健康に気を使ってか。一日働いて疲れてるだろうに、やらないだろう、普通。

気になってしょうがないので、単身赴任歴2年の知人に訊ねてみたら予想外の答えが戻ってきた。

「結婚以来十数年も家庭の味に浸ってたヤツが、昼も夜も外食の生活をしてみろよ。本ッ当に飽きるから」

外食は総じて味付けが濃い。昼食は仕方ないにしても、せめて夜は胃に優しい食事にしたい。週に一度か二度は、そんな気分になるのだという。で、早く帰れる日はなるべく自炊、となる。総菜にプラス1品程度のものだが、それなりに凝って作ってみたりもする。

「それに、料理って時間がかかるだろ。オレ、たいして趣味もないからヒマつぶしにいいんだよ」

会社以外の人間関係が乏しい知人は、早く帰宅しても時間を持て余すらしい。狭い部屋でぼんやりしていても、つい仕事の事を考え、気分が切り替わらない。

その点、自炊をすれば食事、入浴、テレビと、帰宅後の三本柱が成立して、就寝までのリズムが生まれるそうだ。最近では、月に一度、新潟に住む家族のそばに戻ったときに、妻から簡単な料理を教えてもらうこともある。そうやって、自分なりに工夫しながら、単身赴任の孤独と戦っているのだ。

自炊には節約の意味もある。パンや野菜を冷凍保存することは常識。休日には新聞チラシを見て買い出しにもいくし、けっこうマメにやっているが、その割に料理の腕は上がらない。おかげでカミさんのありがたみがよくわかったと知人は笑った。

「家のローンに学費。父ちゃんは独身時代みたいに飲み歩いていられない。まあ、あと何年かの辛抱だ」

そうか、そうだったか。

ぼくは、総菜売り場で不規則な動きをしているオヤジと接触して、ついニラんでしまったことがある。ひとり鍋の材料をカゴに入れているオヤジを見て「寂しいものだなぁ」とエラソーな感想を抱いたこともあった。反省である。

しかし、せっかく単身赴任者の食生活について知識を得たのだから、より具体的に観察せねばと、24時間営業のスーパーに行ってみた。

午後8時、主婦の時間帯はとっくに終わり、まばらな店内で目立っているのはＯＬ、学生、独身サラリーマン（すべて推定）などだ。しかし、我らが単身赴任者もしっかりいて、晩餐の買い出しに余念がない。

その中で、ぼくの目を釘付けにしたのは、マフラーをしたままステンカラーコートの襟を立て、激しい動きを見せる同世代のオヤジだった。すでに買い物カゴには缶ビール2本と竹輪があったが、オヤジは何を思ったか、別の竹輪に変更。このあたり、絶対にハズしたくないという強い意志が感じられた。

メインディッシュはマーボ茄子弁当だ。いくつか出ていた同弁当から購入品を選び抜くその表情は、勤務中でもここまでは見せないのでは、と思えるほどのキビシさ。

弁当を決めたオヤジの目が隣にある揚げ物コーナーに移る。腹持ちのいい揚げ物なら、ビールにも合うしおかずにもなるからなあ。

袋詰めのコロッケ、4本入りミニ海老揚げ、イカから揚げを交互に手に取っては台に戻す。集中力は極限まで高まっているらしく、周囲の客は圧倒されて近寄れない。と、ふいにオヤジは揚げ物コーナーを離れ、パン売り場に向かったのである。カゴに入れたのはアンパンと食パン。ヨーグルトも追加された。明日の朝食メニューだ。揚げ物はやめたのか。メタボが頭をよぎったか。

果物売り場へも行った。野菜も吟味した。オヤジの結論は、りんご1、白菜1／2。りんごはともかく白菜が謎だが、ともかくそうした。

魚、肉、冷凍食品にもチェックが入ったが、見るだけだ。本気のときはこんなもんじゃないもんなあ。観察を開始してからかれこれ20分もたつので、ぼくにもオヤジの気合いがわかるようになっているのだ。

ハチミツを棚に戻した直後、足が速くなった。レジに向かうのか。

そうではなかった。オヤジは再び揚げ物コーナーに戻ったのだ。

もう迷わない。

力強くミニ海老揚げの袋をつかむ。とことん時間をかけた男の決断だった。このままでは何かが足りないと思い直したのだ。予算的にも、もう少しはＯＫだと。

いいものを見せてもらった。

ミニ海老揚げ、コロモだらけじゃないといいがなあ。余計な世話か。しっかり食べて、明日からも仕事、がんばって欲しい。

さて、ぼくの晩飯はどうしよう。オヤジに目を奪われて買い物どころじゃなかったし、揚げ物の見過ぎで、すでに満腹感があるのだ。

今夜は立ち食いそばにしとくか。

絶唱！　ひとりカラオケ

激しい雨、日曜深夜、歓楽街から遠く離れた郊外。悪条件が揃っていたにもかかわらず、カラオケボックスの駐車場には10台以上のクルマが並んでいた。待つこと5分でつぎのクルマがやってきて、中年の男が慣れた足取りで入り口に向かう。

本当にいるんだなあ、ひとりカラオケ客——。

狭い部屋に人が集まって代わりばんこにマイクを握るあの雰囲気にどうも馴染めず、ぼくはこれまでの人生で数えるほどしかカラオケに行ったことがない。消極的な姿勢がよくないのか結果もさんざんだ。

参加者全員が演歌好き。コブシのまわり切らない歌を一晩中聞かされ、おっさんとのデュエットを何度も何度も強要された新宿の夜。

日頃おとなしい男に、夫婦2組でのカラオケ行きを懇願されたこともある。夫婦仲が良くないので、楽しいひととき作りに協力してくれという話だったのだが、酒が入るや男は一変し、マイクを握って離さなくなってしまった。

「イェーイ!」

後半は服まで脱ぎだし、音程の狂ったワンマンショー。延々とイエローモンキーをがなり続ける夫を、醒めきった目で眺める奥さんの姿が忘れられない(その後、すぐに離婚)。

タイの北東部、スリンでの一夜も悲惨だった。おやじ3人でふらりと飲み屋に入ったら、若い女の子が横につくキャバクラのようなカラオケだったのである。でも哀しいかな、言葉が通じない。英語もダメ、タイ語のみ。ここはバンコクじゃないことを痛感する。

「こうなったら歌うしかないだろ」

「だな」

しかし我々は、誰ひとりカラオケに慣れておらず、盛り上げ方を知らない。当然ながら選曲リストに日本の歌はなく、最近のポップスはちんぷんかんぷん。苦し紛れにビートルズを選ぶも地味にしか歌えない。商売っ気のない女の子たちはピクリとも反応せず、黙って酒をつぎ足すだけ。曲と曲との間はシーンとしてしまう。そんな冷たい応対をされたのに、彼女たちがタイ語で歌うと手が痛くなるほど拍手するおやじ3人。あれはつらくキビしい一夜であった。しかも料金だけはバンコク並で……つまらんことでグチるな！

カラオケが好きになるきっかけもないままここまできてしまったぼくにとって、ひとりカラオケが流行っているという噂は信じがたかった。レパートリーを増やすため苦手曲を特訓する、ストレス解消、大勢では好きなだけ歌えないから。目的はいろいろあるらしいが、本当なのか。カラオケは、皆でわいわい歌うのがいいところじゃなかったのか。

さて、中年男のあとを追って店に入ると、真剣な顔でレジの横に置かれたタンバリンを選んでいるところだった。叩くのか、ひとりで。明日は朝から仕事じゃないのか。おやじはぼくも受付をし、とりあえずマラカスを手に指定された421号室へ行く。おやじはふたつ手前の423号室に入ったようだ。

さて、どうするか。早々にひとりカラオケ客がいることもわかってしまったので、なんだか気が抜けてしまった。やることと言えば歌うことだけだが、カラオケなんて好きでもないわけだからなあ。でもせっかくだからスピッツでも。『ロビンソン』が好きなのだが、家でギター弾きながら歌ってもサビの高音がうまく出ないのだ。

うーん、やはり声が裏返るね。今度は忌野清志郎の『世間知らず』に挑戦だ。ショーケンの『大阪で生まれた女』も予約するか。おっと、チャー（Ｃｈａｒ）の『気絶するほど悩ましい』もむかし歌った覚えがあるぞ。間奏の間はエアギターやったりしてナ。

……虚しい。

他人の歌を聞かされるのも好きじゃないけど、ひとり個室の中でシンミリ歌っていても全然つまらん。やはり、ぼくにはカラオケを楽しむ素質がないのだろうか。

一息入れようと、ドリンクバーに行き、戻る途中で４２３号室はどうしているかと思い、ドアのガラスのすき間から覗いてみた。

おやじはＴシャツ姿になり、タンバリンを振りながら歌い踊っていた。曲名はわからないがテンポが速いらしく、右に左に激しくカラダが揺れている。動きやすいよう、テーブルは隅に移動されていた。

何か見てはいけないものを見た気がし、あわてて自室に戻る。でも、他人の目を気にせず歌いたいように歌うことこそ、ひとりカラオケの正しい楽しみ方なのかもしれない。

よし、ぼくもテーブルを動かし、立ち上がって歌ってみよう。曲はそうだな、キャロルの『ファンキー・モンキー・ベイビー』でどうだ。古くてもかまうものか、この部屋はぼくのステージなのだ。

軽快なイントロにカラダが反応した。腰が沈み、足がクイクイッとなめらかに動く。もう止まらなかった。キャロルのメドレーからRCサクセション、吉田拓郎、どんと。沢田研二に至っては、靴を脱ぎ捨ててソファの上に仁王立ちしての絶叫。誰もいないが、指を前に突き出し手招きのポーズまで決めてみた。そしてエンディングではソファから床にジャンプ。我ながらシラフとは思えない絶好調ぶりである。

ああ、何という気持ちの良さ。いま、自分が解放されてゆくのがはっきりわかる。ひとりカラオケには、周囲からの拍手や賞賛はない。が、冷たい視線も順番待ちの煩わしさもなく、心ゆくまで歌唱に集中できる。目の前に鏡があったら、そこに映るのはヨレヨレで格好わるい中年男かもしれないけれど、脳内スクリーンではスターになった自分が華麗に歌い踊っているのだ。

最後の曲は振り出しに戻って『ロビンソン』。イントロと同時にぼくはMCまでしていた。

「大好きな曲です。ラストまで心を込めて歌います!」

全力を出し切って時計を見ると午前3時。なんと、入館後2時間経過している。我に還ったぼくは、そそくさと部屋を出た。おやじは先に引き上げたのか、従業員が423号室の掃除を始めている。

1800円払って外に出ると、雨はさらに激しさを増していた。汗を吸ったTシャツが、たちまち冷えて体温を奪いにかかる。

さあて、帰って寝るか。今夜は熟睡、間違いない。

ネットカフェで年を越す

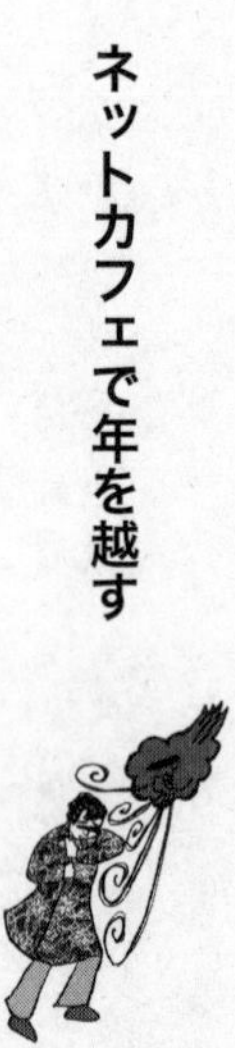

「いらっしゃいませ〜」

広い店内に女性スタッフの乾いた声が響く。当店は初めてですか、システムはわかりますか、タイプはリクライニング、ソファ、フラットの3つがあります……フーゾク店じゃない。大晦日の夜、ぼくは歌舞伎町のどまんなかにあるネットカフェにきているのである。

住居を持たずネットカフェで寝泊まりしながら生活する人が、全国に5千人以上、東京23区内だけで2千人以上いることは、情報として知っている。日雇い派遣の過酷な労働実態を示す実例として、格差社会の象徴のひとつとして、取り上げられることが多いからだ。でも、ふとんで寝られないような生活はマトモじゃない、と言わんばかりに「住居を持たない彼らは過酷な生活を強いられている」と決めつける報道機関に接すると、ついツッコミたくなる。

〈そういうアンタは、一晩でもネットカフェで寝泊まりしたことがあるのか？〉

やってたらカンベンだけど、そうは思えないことが多い。やらないで、なぜ過酷かどうかわかるんだろう。やってみて、本当につらい思いをすれば自分の言葉で「大変ですね」と言えるのに……。

なんてボヤいていてもしょうがないね。ぼくは寝るのにラクだとすすめられたフラットタイプに決め、10時間コースの料金、3千円弱を払った。祝日料金とのことだが、けっこう高い。くるのが早かったか。このテの場所は午後9時からとか11時からとか、時間帯によって料金設定が変わるのだ。

店内はブースごとに仕切られており、それぞれドアがついているので、ほぼ個室状態。パソコンとテレビが備え付けられている。フラットというのは床全体がシートになっている作りで、広さは1畳ほど。大きめのクッションが枕代わりだ。カギこそかからないが、人目はまったく気にならない。

動きがラクな服に着替え、ドリンクバーで飲み物を運ぶ。マンガを選ぶため棚のまわりをウロウロしてみたが、店内は客もまばら。それらしき人はいない。いや、ひとりだけいることはいるんだけど。午後8時半現在、店内でもっとも〝難民〟ぽいのは、髪ボサボサの無精髭男、スウェット姿のぼくだった。

個室でマンガを読み始めて気がついたのは光量不足。だから、すごく疲れる。ネットカフェはマンガ喫茶にあらず。何時間も熱中して読み続けるには適していない。ヒマつぶしの主役はインターネットでありテレビ鑑賞なのである。孤独を紛らわせるにはもってこいの道具立て。ヘッドフォンで耳を覆えば外部とは遮断され、時間の経過とともに、店にいる感覚も薄くなっていく。

う〜ん、居心地いいではないか。対角線に横たわれば足も伸ばせる。赤の他人ばかりだが適度に人の気配もある。独身時代、ひとり部屋で膝を抱えて過ごした夜と比べたら、むしろこっちのほうが安心感が強いくらいである。空気が乾燥していることくらいしか難点は思いつかない。

ネットカフェそのものは、快適なスペースなのだ。ぼくには住居を持たず、2年間も仕事場で寝袋にくるまって寝泊まりしている友人がいるのだが、ヤツがここにきたら「できれば住みたい」と言うに違いない。でも、こうも言うだろう。「〝難民〟やるのも高くつくなあ」と。

正直、いまの人はいいなと思う。

住居を持たずに生活してどこがいけない。家賃滞納でアパートを追い出されると、住み込みの働き口を探すかキチン宿に行くしかなかったフリーター時代にネットカフェがあったら、ぼくは迷わず通い詰めたことだろう。いろんな問題はある。生きにくい世の中だ。でも、そのこととネットカフェで寝泊まりするのとは話が別。生活感のカケラもないここは便利でいいところだ。

もしも、この生活がイヤだったら、みじめだと言うのなら、宿泊料金を払う余裕があるうちにコツコツためて抜け出すしかない。そんな平凡な解決法しか思いつかないぼくは冷たい人間なんだろうか。

テレビをつけると紅白歌合戦をやっていた。年越しのカウントダウンはなくても、雑煮をふるまうサービスなどはないのだろうかと思ってフロントまで行くが、そんな気配はどこにもない。ここは365日、いつでも同じ雰囲気なのだろう。

わずかに大晦日を感じさせるのは、フロアの隅に数台置かれたテレビの前で、紅白を見ている初老のオヤジだけだ。ちょうど小林幸子が歌い始めたところだった。

「今年の衣装も派手ですね」

隣に座って話しかけると、オヤジはにっこり。

「年末はこれ見ねぇことにはな」

「年が越せませんか」

「そんなこともないけど、紅白見て除夜の鐘聞くとなんだかね、はは」

なぜいまここにいるのか聞いてみたくなったけれど、それこそヤボの極みのような気がしてできなかった。幸子が歌い終わるとオヤジは静かに個室へと去った。ぼく同様にスウェット姿。立ち振る舞いも堂に入っている。あの人こそ〝難民〟なのかもしれない。わからない。

いつの間にか客は増え、時計が零時をまわった頃には半分ほどのブースが埋まっていた。スピーカーからは蛍の光が延々と流れ続け、誰かがうるせぇなと呟く。トイレの前には入念に屈伸運動をする男。その脇を、何も気にせず店員が通り過ぎる。遠くのほうからは強力なイビキも。

近くにあるペア席には高校生らしき女の子たちが入ってきて、おしゃべりに夢中だ。どうやら初詣のために地方からやってきたらしい。しばらく学校のことを話題にしたり、テレビを見ながら出演者について好みを言いあってから、吐息をつく。

「私たち、こんな日にここにいるなんて、なんかイケてなくね？」

「女二人で初詣、たしかにイケてねぇかも。なんできたんだろ」

女子高生の会話に笑いながら、横になり、6時まで眠った。疲れは意外なほど感じない。

だが、店を出た瞬間、ぼくは〝難民〟の意味を知ることになった。

ネットカフェは、時間がきたら出て行かねばならないオアシスなのだ。つらいのは、現実が待っている外の世界。今日もまたオアシスに戻れるのか。保証してくれる人はどこにもいない。そうか、そこなんだ……。

なんとかなれ！

２００８年元旦。冷たい風に吹かれながら、ぼくは新宿駅に向かって歩き始めた。

我が青春のエロ映画

おぉぉ！　思わず出そうになった声をこらえ、ぼくは拝むような姿勢で棚からＤＶＤをつかみ取った。間違いない、本物だ。タイトルは『露出』、主演はクリスチーナ・リンドバーグとなっている。

そうか、ついにこの日がきたか。待ちに待っていたわけではないが、いやむしろまったく忘れていたのだが、こうしてＤＶＤ化されてみると、じつに感慨深い。ぼくのための１本という感じがする。

男なら誰にでも〝我が青春のエロ映画〟とでも呼びたくなる、記憶に残る映画があるだろう。ぼくにとってはこの『露出』に代表される70年代初頭のスウェーデン製成人映画こそそれなのだ。そりゃあ一般映画の中にもそそられるものはたくさんあった。ロマンポルノやピンク映画も数知れず見た（女優の皆さん、お世話になりました）。しかし、中学生だったぼくが受けた衝撃の大きさを考えると、スウェーデン製成人映画にまさるものはない。

なぜか。見ていないからである。

公開後数カ月でDVD化される昨今と違い、昔はビデオすらなかった。公開時か、二番館で見逃したらそれっきり。エロ映画界におけるスウェーデンのブームは短命だったし、この種の映画は日進月歩。よほどの作品でもないかぎり名画座にもまずかからず、幻と化す運命だ。

ぼくが見たのは、なぜか青や緑や茶色で印刷された『スクリーン』誌の後ろのほうにあるエロ映画紹介コーナーであり、映画館の表に張り出されていたポスターだった。体験はおろか性知識もロクにない身にとっては、扇情的な写真と活字だけでも十分に刺激的だったのだ。当時の中学生男子は皆、スウェーデン＝フリーセックス＝何かとんでもない国という誤ったイメージを抱いていた上、主演のクリスチーナが抜群に可愛らしい。こんな女の子がどうした理由でドスケベ映画に出るんだ？　え、なぜなんだ？　そういう素朴な疑問を浮かべつつ股間を熱くしていたわけだ。

ちなみに、当時はフランスのポルノ女優サンドラ・ジュリアンが大人気だったけれど、年長だったせいか外国人の淫らな姉さんという印象が強く、ぼくはあまり好きじゃなかった（見てもないのに）。

『露出』は邦題もうまい。意味はさっぱりわからないのに字面がイヤラしくて、それだけで興奮を誘う。当時のぼくにとって成人映画とは女の裸が出てくるエッチな映画という認識だったのだが、『露出』ではさらにその上の、14歳男子には想像もできない妖しい世界が繰り広げられている予感があった。それはどんなものか。怖いけど見てみたい。でも自分は学生服姿の中学生。無理。ヘタすりゃ補導。あきらめるしかない。

そのうちに『スクリーン』は新しい号が出て、映画館もつぎのプログラムに変わってしまい、『露出』のことも記憶の隅に埋もれてしまったはずだったのだが……。

そうではなかったね。ＤＶＤのジャケットを眺めただけで蘇るあの感覚。ときめき。36年の時を超えての再会とは思えないほど、いまでもドキドキ感を思い出せるのがその証拠だ。おそらくこんな映画は他になく、自分の原点のひとつは『露出』にあったんだなと、妙に納得させられる。

感慨に耽っていると、隣の新作コーナーにいた家族連れの母親から「エロ親父め」光線が飛んできたので慌てて棚に戻す。と、今度はマリー・フォルサ主演の『若草の萌える時』を発見。おぉぉ！（以下省略）どうやら、懐かしのスウェーデン映画のＤＶＤ化を仕掛けた会社があるらしい。

わかってるねえ。企画者は若者など眼中にない。公開当時、見たくても見られなかった人間めがけての狙い撃ちである。話題性はなくても、高回転でレンタルされなくても、商品化を望んでいた潜在的な客がいることを熟知しているのだ。

いつか必ず見る。そう心に決めて店を出た。そして妻子が家をあける日をひたすら待った。それほど気合いを入れることでもないのだが、中学生時代の自分へのプレゼントである。儀式は大事にしたい。

チャンスはやがてやってきた。実家へと向かう妻子を送り出しながら、今日しかないと決意を固める。こうなると仕事も速くて、通常の2倍のペースで原稿を片付け、ついでに部屋を掃除。さらには夜食まで用意する手際の良さだ。

万一貸し出し中だったらと思うと気が気でなく、レンタル屋まで自転車で激走して店内に突撃。在庫アリだった2本をガシッとつかんでカウンターに歩み寄る。そしてまた家まで激走。

それほど張り切っていたのに、いざ見るとなると、ためらうものがある。『露出』にせよ『若草の萌える時』にせよ、妄想が妄想を呼んですごい映画というイメージになっているが、実際のところそんなことはあるまいと思うのだ。ガッカリするくらいなら、見ないほうがマシかもしれない。でも、もう借りちゃったしなあ。とりあえず本命の『露出』を拝見するか。

う。出だしから叙情的な画面だ。かと思うとみんなが服を脱いで川遊び。ヌーディスト村かよ。

しかし、クリスチーナ・リンドバーグはたしかに可愛い。いまの目で見ればロリータっぽいけれど、中学生だったぼくが胸をときめかせたのは悪くない選球眼だと思う。だが、出来映えはキビしいものがある。ストーリーはなんだかよくわからないし、演技力は皆無、テンポはのろい。正直言って退屈である。

そしてカンジンのエロ度はどうかというと、いまどきの2時間ドラマのほうが上ではないかという牧歌的なレベルだ。映画はヒロインが自分を支配しようとするヤクザな男をベッドで刺し殺し、カタギの男と出直す風のつまらないイメージカットで唐突にラストを迎える。

『露出』は駄作だった。

ぼくは世間の風潮と映画会社の戦略にまんまと乗せられていただけだったのである。でも、たとえエロ度が高かったとしても感想は同じだっただろう。中学生のぼくが求めていたものは、〝成人映画〟に象徴されるオトナの危険な世界だったんだと思う。そして、50歳になったぼくに、それはもう理解できない。

終わったなあ。終わるべくして、きっちり終わったなあ。

もう1本はもう見る気がしなかった。クリスチーナ・リンドバーグはいまどうしているのかが気になったが、夜食を食べているうちに、それも忘れてしまった。

ガラスの50代

運転再開を待つ人たち

飲み会の途中から降り始めた雨が激しさを増してきた。雷が断続的に光る空から、不気味な音が轟く。

天候不順もいいところの8月末は、電車利用者にとっても悪夢のような日々だった。連日、大幅な遅れや運転ストップ。この雷雨じゃ仕方がないとわかっていても、帰宅途中の足止めは心身の疲れを倍加させてしまうのだ。

中野まで地下鉄で出て、中央線に乗り換える。時間は午後10時半をまわったところ。ダイヤの乱れを教えるアナウンスが響いていないことを確認し、ぼくの関心は電車を降りてから家までどうやってたどりつくかに移った。

最寄りの私鉄駅からは徒歩で10分ほどだが、この降りでは傘など役に立たず、ずぶ濡れ必至。ここは中央線の国分寺駅からタクシーが正解だろう。この時間帯なら、まださほどの待ちにはならないはずだ。

と、荻窪駅に停まった電車がなかなか出ない。嫌な予感がしたとき、車内放送が流れてきた。

「ただいま八王子の先で線路が冠水し、運転を見合わせております。しばらくお待ち下さい」

今夜も遅れるのかよ。乗客たちは溜息を漏らし、携帯でメールを打ったり、ゲームを始めたり、バッグから文庫本を取り出して、持久戦に備え始めた。なにせ冠水である。復旧のメドがたつまでに、かなりの時間を要するに違いないのだ。

外を見れば叩きつけるような雨が窓を打っている。空はビカビカ光っているし、雷の野郎、絶好調みたいだ。

「八王子での折り返し運転に切り替えましたが、現在、各駅に電車が停まっている状態です。いましばらくお待ち下さい」

30分経過しても動かないとあって、のんびり待機していた乗客にも動きが出てきた。バスやタクシー、あるいは家からの迎えを要請した人たちが、つぎつぎに降りていくのである。まだ当分は発車しそうにないことを思えば、当然の選択だろう。バスや迎えは近郊の住人に限られるが、この状態なら誰でもタクシーでの帰宅を考える。

もちろん、ぼくも考えた。が、荻窪から自宅までだとヘタすりゃ7千円コース。2、3千円ならともかく、5千円を超すとなると、よほどの事態でないと踏み切れない。悩み抜いてタクシー使用の決意を固めたはいいが、降りた途端に運転再開なんてことになったら悔やんでも悔やみ切れん。今は耐えるべき。

そんなことを考えていると、前の座席で苦渋の表情をしていたOLらしき女が、もう耐えられないとばかりに席を立ち、ドアから出て行った。決めたな、タクシーに。

空いた席に座って周囲を眺める。人口比率は30歳以下が半分。それより上の世代に女性は少なく、大半がオヤジである。中野で乗ったときにはもっとオヤジ比率が高かった気がするが、減った分は荻窪で下車したということだろう。

新しい乗客は乗り込んでこないから、いまや車内はつり革が余る程度の乗車率。若い男女はつまらなそうではあるが、それが顔には出ないのに対し、オヤジたちの顔には一日の疲労がたっぷり刻印されている。両者に共通するのは、ひっきりなしにメールや電話をしていることで、そこかしこでマナーモードにしたケータイの振動音が聞こえる。

45分経過。もう誰も降りない。メールを打つ手も止まった。頭を垂れ、無言で発車を待つのみ。

「無事に家に帰れればそれでいい」

荻窪でタクシーに乗るわけにはいかない人間たちの、魂の声が聞こえてきそうである。

レット・イット・ビー。

さっきまでオヤジたちを支配していたイラだちは消え、さりげない連帯感っていうんですか、そんな空気さえ感じられる。

静けさを破ったのは、中堅サラリーマン風オヤジへの電話だった。遅い帰宅に業を煮やした妻（推測）からだろう。最初は電車がまだ停まっていることを丁寧に喋っていたが、それで話は終わらない。妻はあれこれ文句を言っているようだ。

「だったら先に寝てていいよ」

中堅オヤジの言葉に、思わず視線を向ける他のオヤジたち。なかにはメールで同様のやりとりでもしたのか、うんうんと頷く御仁もいる。

電話はまだ終わらず、中堅オヤジは黙って妻の話を聞いている。ずいぶんネチネチ言われてるなあ。そう思ったとき、とうとう何かが切れ、周囲が驚くほどの大声で叫んだ。

「タクシーに乗れるもんならとっくに乗ってるよ！　我が家のことを考えてガマンしてるんじゃないか!!」

シーン。

笑い声も起きなければ、中堅オヤジを見つめる人もいない。だけど、心の中では皆、拍手を送っていたに違いない。そうなのだ。我々だってタクシー代の持ち合わせくらいはある。でも、これはそのための金じゃないし、電車はいずれ走り出す。だから、疲れているけど辛抱しよう。そう思って車内に残っているのだ。その気持ちも知らず、やれ早く帰って来い、帰ってこないと寝れないじゃないかなんて言って欲しくない。中堅オヤジの一言は、いつになったら戻るんだとメールで言われっぱなしのオヤジたちの気持ちを代弁したようなものだった。

臨時停車した電車が、ようやく動き出したのは、約1時間後。ノロノロ運転で国分寺にたどりついたのは日付が変わる頃だった。やれやれ、やっとここまでたどりついた。ここからなら胸を張ってタクシーに乗れるぞ。急ぎ足で改札を出る。

なんということだ。タクシー待ちの列が改札の目の前まで延びている。その数、100人は下らない。

選択の余地はなかった。家まで25分、歩いて帰るしかない。

スニーカーのヒモを締め直し、足早に駅を離れる。タバコはくわえた途端に湿って消えた。傘は3分しか役に立たなかった。ケータイが濡れないようバッグに入れようとしたとき、点滅に気がついた。車内では気がつかなかったが、妻からメールがきていたようだ。

「昼間、実家にきたんだけど、雨がひどいので今夜はこのまま泊まります。じゃあね」

うーん、早く帰れとせかされるのもつらいが、これはこれで寂しいものがあるね……。

家についたときはパンツまでぐっしょり。寒さに歯をならしながら誰も待っていない
ドアを開けるとき、背中を丸めて歩く中堅オヤジの姿が見えたような気がした。

地獄の叫びで荷を上げろ！

もう若くはない。そのことをしみじみ思い知ったのは40歳くらいのとき、ある蕎麦屋でのことだった。

腹が減っていたので、鼻息も荒く蕎麦屋に駆け込んだのである。力強くメニューをつかんでバッと広げ、即決で声を出す。

「カツ丼！　大盛りで!!」

何の迷いもなかった。空腹時には大盛り。当然の流れだ。

ところが食べ始めてしばらくすると、ぼくを異変が襲う。メシが思うように入っていかないのだ。気持ちは前向きなのに、中盤あたりですでに満腹感がある。味に問題はない。むしろうまい部類だろう。

おかしい、こんなはずじゃ……。あせって箸を動かしてみるが、どうにもならない。

そして、とうとう1／3ほど残すはめに。

ショックだった。

食べ残したことにではない。大盛り？　軽くイケルよ、と思っていた気持ちに肉体がついていけてないことにである。そのときはすぐリターンマッチに挑んで強引に雪辱を果たしたのだが、かつてのような爆発的な食欲は二度と戻ってこなかった。

他の場面でも似たようなギャップを感じることが増えていく。

原稿の締め切りまで5時間、さぁ書き始めろと脳が指令する。過去の経験から、いま始めれば5時間でラストまで行けると見込んでいるわけだ。が、これが間に合わない。めっきり集中力が落ちているのである。うっかり徹夜などしようものなら翌日は使い物にならないし。

改札を通ったところで電車がホームに滑り込む気配がする。OK、余裕だよと階段を駆け上がるのだが目の前でドアが閉まり、シャットアウト。驚くほど息が上がっているのが情けない。視力もなあ、ハッと気付けば新聞を持つ腕を伸ばさないと焦点が合わなくなっていたもんなあ……ぼやきジジィかよ！

とまあ、年々若さとは距離が大きくなるばかりなのだが、ときどきそのことを忘れてしまうのである。普段はそんなことない。おとなしくしているんだけど、周囲の状況や自分自身の盛り上がりによって、〝気分は18歳〟になってしまうのだ。

ぼくはいま、長野県で古本と喫茶の店をオープンすべく、数名の仲間と準備に追われている。資金がないので壁のペンキ塗りから自分たちでやる若々しさだが、まぁそこはいいオトナ。技術不足を考え、セミプロの腕を持つ友人に協力してもらってクリアした。だが、その経験を生かし、自力で床塗りをしたことでタガが外れたのだろう。山場のひとつである古本の運搬まで、自分たちでやってしまおうと意気込んでしまったのである。

「トラックの運転手はプロなんだし、とにかく運び続ければいつかは終わる。何とかなるだろう」

できる根拠など何一つ示されないまま話がまとまる。我々の気分はノリノリだった。

計画も無謀だ。まず神奈川で4トン車一杯の荷物を積み込み、仮眠後クルマで出発。翌朝それを下ろしたら、別の場所でまた4トン積み込み、それを下ろす。

計8トンの荷物、一気呵成の運び込み。これを、平均年齢50歳を超えんとする4名でやろうというのである。

いざ膨大な段ボールを目の前にしたら弱気の虫も騒いだが、それでも前半は素晴らしかった。負荷を軽くするためのバケツリレー方式を活用したスピード感あふれる積み込みには気迫がこもり、荷台の上で待つプロの運転手も、それに応えるかのごとく大ハッスル。みるみる箱が積み上げられた。

これで自信をつけたオヤジたち。寝袋での短時間の仮眠という悪条件も何のその、高速をぶっ飛ばしてトラックに先着すると、待ち時間に床掃除までする手際の良さを発揮。荷下ろしも順調に終え、意気揚々とつぎの積み込み場所へと向かう。

ここまでは良かった。我々だってここ一番ではまだまだパワフル。表情には余裕もあり、冗談など交わしながら2回戦に突入だ。

段ボールぎっしりの古本はもちろん重いけど、我々にはそれを補うチームワークがある。あいつの腰は大丈夫か、誰かに負担がかかり過ぎちゃいないかと互いを気遣う配慮もある。

難関と思われた巨大な本棚も力を合わせて運び込んだ。あとは残る段ボール１００個ほどをトラックに積むだけだ……。

気合いを入れ直し、ひときわ大きな段ボールを持ち上げようとしたときである。ぼくは自分の腕から握力というものが失われていることに気がついた。まったく上がらない。上腕筋も伸びきっているのか、引きつける力など皆無。さらに、腕から滑り落ちた段ボールが足を直撃し、のたうちまわる始末だ。

まずい。このままでは皆に迷惑が。こうなったら奥の手だ。まず荷物をヒザまで上げ、つぎに背をそらせて腹で支え、よろよろとトラックまで行って重量挙げのように持ち上げる。

はぁはぁ。ここはいったん休憩して体勢を立て直そうと脇に腰を下ろして仲間を見たぼくは、皆の動きに目を疑った。

これ以上遅くは再生できないくらいスローな動きになっている。

ヒザと腹を使い、かつかつで持ち上げているのは言うまでもない。表情は能面。会話も完全に消え、出るのは地獄の底からわき出すようなかけ声のみだ。

「ングァ！」

「トゥリャ、ハッハー！」

明らかに限界に達していた。

いつ誰かが倒れたり事故が起きても不思議じゃない状況である。でも、絶対に疲れたとは言わず、意地を張って動き続けている。

ぼくひとり休んではいられない。小さな段ボールから復活しよう。

「セノォダッ！」

2時間後、やっとの思いですべての荷物を店に運び込んだとき、我々にはひとかけらの元気も残っていなかった。それどころか、ひとりは急激に体調を崩し、近くのホテルを取って宿泊することになってしまったくらいだ（翌日、病院送り）。

でも、オヤジは嫌なことをすぐ忘れる。帰京して3日後には何事もなかったかのように、こんな連絡がくるのだ。勢いも戻っている。

「あと6トンばかり、荷物が残ってた。次回はいつやる？」

我々はもう若くないが、きっと今度も助っ人を頼もうとはしないだろう。前回できたのだから今度もできる。おそらくはもっとうまく……。

錯覚でないことを願うばかりだ。

闘うおやじに涙はいらない

ヘッドギアをしてリング上でグローブを交えているおやじたちのアゴから汗がしたたり落ちている。闘いはすでに最終第3ラウンド。

両者体力の消耗は激しく、みるみる動きから切れが奪われてきた。互いに必死でパンチを繰り出すのだが、驚くほどスピードがない。が、かわすのも遅いからそこそこ当たる。また、ガードが丸あきになっても相手が狙いを定めて打つまでの時間が長いので防御が間に合うのだ。どっちもどっち。絶妙のバランスといっていい。

もたれあうようなクリンチをレフェリーが分けると、またファイティングポーズを取る両者。もうジャブなど放つのも面倒なのかいきなりの大振り。それが当たるとしゃにむに突進する。セコンドから「ラスト30秒」の声がかかった。形相が変わる選手たち。パッと離れて一瞬見つめあい、ラストチャンスをもぎ取るために一気に距離が詰まる。

しゅしゅしゅしゅ。

片方の口からはラッシュを思わせる声がでているのだが、手はほとんど動かない。その顔面を相手が一発ポカリと殴ったところで試合終了のゴングが鳴った。

ぼくは今日、新宿で行われた「ザ・おやじファイト！」の会場に来ている。33歳未満は出場不可の、おやじボクシング大会だ。このイベントの特色は、格闘技につきものの血なまぐささとは距離を置き、安全第一で行われること。頭部は防具で保護され、ダウンがあれば原則としてその時点で試合はストップされる。1ラウンド2分制で3ラウンドまでしかやらないし、厳密にはボクシングの試合ではなくスパーリング大会というべきなのかもしれない。

だが、そんなことはどうでもいい。ボクシングクラブの練習生から元プロまで、さまざまな経歴を持つ参加者たちは真剣そのもの。冗談半分で参加したような人はひとりも見あたらない。目的は賞金ではない（そんなものはない）。テレビ中継はもちろん専門誌の取材さえあるかどうか。各クラスのチャンピオンが巻いて登場するベルトなんて、市販のベルトにシール貼っただけっすよ、悪いけど。それでも、何年間も練習を積んだ自分の力を試すため、現役時に磨いたテクニックはまだ通用するのか確かめるため、おやじたちはリングに上がる。

会場も満員だ。第一試合は午前11時から始まったのだが、家族や友人、ジム仲間が続々と集まり「お父さん頑張って!」「○○さんイケルよ、相手バテてるよ!」などと声援を送るのである。ときには会場が赤と青のコーナーに分かれ、応援合戦となる一幕も。

R-47(47歳以上のクラス)の戦いが味わい深かった。まだ青年の面影を残すR-33(33歳以上47歳未満)の連中とは肉体の寂れっぷりが違う。トレーニングでは補いきれない皮膚の張りのなさと、腹や二の腕のたるみ。髪の毛も薄かったり白かったりする。ところがこのおやじたち、強いのだ。自分より動きの速い歳下の選手とやっても、相手の出ばなをくじく変則パンチを当てて互角以上の戦いぶりを見せる。

しかし、ぼくが感心してしまったのは、負けても哀愁が漂わないことだ。傍目にはどう見えようともおやじたちは全力を尽くす。誰のためでもない、自分のためにここへきているのである。だから、終了のゴングが鳴るまで倒れることなく闘えたという満足感ってもんが、観ているこちら側にまで伝わってくるのだ。

人はスピードに憧れる。誰より速く走る者、泳ぐ者はそれだけで尊敬の対象になる。誰より遠く、高く跳ぶ者、飛ばす者、皆同じ。オリンピックにはそういうスーパーアスリートたちが世界中から集まり、肉眼では誰が勝者かわからないといったハイレベルな戦いをする。栄光をつかみ取るため、選手は生活のすべてをトレーニングに捧げ、晴れ舞台に人生を賭ける。勝者と敗者をくっきりと浮かび上がらせる一発勝負もドラマチックだ。

でもぼくは、オリンピックより「ザ・おやじファイト！」がまぶしい。匂い立つようなおやじの汗に共感を抱く。選手はここで無敵を誇ってもいまさらプロとして通用するわけもなく、有名になれるわけでもない。勝っても負けても明日はまた仕事だ。家に帰ればカミさんに「ボクシングもいいけどケガしない程度にね」なんて言われていそうだ。でも好きだからやってる。第2の青春を楽しんでる。試合が終わると間髪入れず抱き合って健闘を称え合うからね、おやじは。

涙なんかどこにもない。客も感動なんてしない。でも温かい空気がリングサイドまで漂っている。だから試合を終えた勝者が家族の元へ行って胸を張るとき、無関係のぼくも笑いながら拍手ができるのだ。

52歳vs53歳のライトヘビー級タイトルマッチが始まった。いきなりヘッドギアからはみだした顔を真っ赤にして一歩も引かぬ打ち合いである。ドス、ドス。手数に勝るチャンピオンが優勢ではあるが、挑戦者もときおりヤケ気味のフックで巻き返す。プロなら

KO必至の打ち合いも、体重が乗っていないので効き目はいまひとつのようだ。最後なんか体力切れで、頭をつき合わせてごりごり押し合うだけ。無骨な意地の張り合いである。砂場で取っ組み合ってる子供となんら変わらない。それでも、おやじの無骨な戦いは、無骨だからこそ観客の胸を打つ。もう場内大騒ぎだ。気がついたらぼくも声を張り上げていた。

そして迎えた最終戦。なんとチャンピオンは赤いちゃんちゃんこを着て登場した還暦ボクサーである。相手は39歳。両者元プロとくれば、若いほうが圧勝しておかしくないところが第1ラウンドから押しまくったのはチャンピオン。ボディーから顔面、またボディーと、自在のパンチが炸裂するのだ。ボクシングはケンカじゃない、技術だ、ということを証明するような試合である。39歳、パワーを封じ込められて空振りばかりだ。

イベントが終わって会場を出ると、私服に着替えた選手のひとりと一緒になった。そこにあるのはすでに格闘家ではなく、どこにでもいるおやじのやわらかな笑顔。手をかざして日差しをよけながら、家族がくるのを待っている。エレベーターを下りてきた子供たちが駆け寄ってくると、今度はおとうさんの顔になって言った。

「さあて、飯にするか」

午前7時半の限界状況

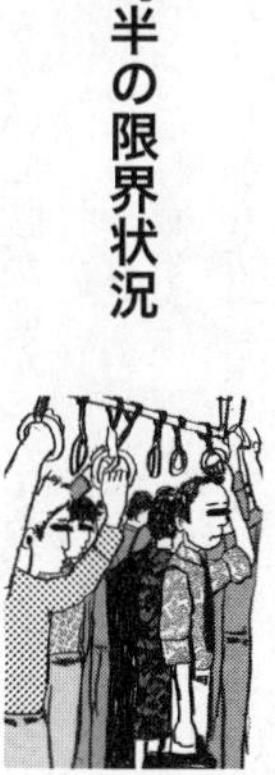

重いキャリー式のバッグを持ち上げて車内に入り、ホッと一息つく間もなく、後ろから乗客がなだれこんできた。ぐいと押され、やけに乱暴だなと入ってきた方向にカラダを向けると、まだまだ混む気配。パソコンなどが入ったデイパックを保護すべく、背中から胸の前にまわして抱え込み、キャリーの持ち手を伸ばして左手で握りしめる。防御の姿勢を整えたつもりだったが、そんなものは通用しない。圧力は高まるばかり。ドアが閉まる直前、体当たりするように乗り込んできた数名によって、わずかに残されていたすき間はすべて埋め尽くされたようだった。

「うぅぅ」

「んぐ、んお」

あちこちから漏れるうめき声。発車前に少しでもラクな体勢を確保するため、足に力を入れつつ位置取りを微調整しているようだ。

この電車は通勤快速で、つぎの停車駅である新宿まで約25分間ノンストップ。つり革につかまることのできないポジションにいる人は、加速・減速時になだれを打たないよう、あらかじめバランスを保っておく必要がある。満員電車に不慣れなぼくも、それくらいは知っていた。

しかし、無理なのである。ぼくが押し込まれたのはドアからまっすぐ1メートルほど入ったあたり。駆け込み乗車の圧力がまともにかかり、荷物を守るだけで精一杯である。周囲にはつり革もポールもない。

それはまあ仕方ない。困るのは、最後の一押しによって、前後を挟まれたことだった。後ろで壁のように立ちはだかるのは、身長190センチ近い大男。横幅もあり、ラグビー選手のような体つきをしている。この壁男によって退路を塞がれたばかりか、尻で腰を、肩で首のあたりを圧迫され、ぼくはじいさんみたいに腰が曲がった姿勢を余儀なくされている。

前にいるのは壁男とは対照的に小柄な坊主頭おやじ。これがまた、下からデイパックを突き上げるように思い切り全体重を預けてくるのだ。しかも坊主頭、クラゲのようにうまく力を抜き、寄せては返す波のようにガツン、ガツンと攻めてくる。そのたびに圧迫された胸部にパソコンの角が当たり、胸に突き刺さる感じだ。逃げようにも、背後に壁男がいるため身動きができない。

キャリーの位置がずれてしまったのも問題。おかげで左手が伸びきってしまったが、いまさらどうしようもない。おおげさではなく、もはや1センチも動かせないのだ。

それにしても……。ぼくは今日、出張のため午前8時に都心まで出なければならない。そこで、キャリーもあることだし、少し早めに家を出て7時には駅に着き、2本やり過ごして列の先頭で通勤快速を待った。目的地の四ッ谷へ着くのがもっとも早いからだが、これがいけなかった。考えることは皆同じ。まだ学生のいない時間帯だから、座ることは無理でも、デイパックを網棚に載せるくらいはできるだろうというもくろみはあえなく外れた。

会社ってこんなに早くから始まるのか。それとも、ラッシュ時のピークはこんなものじゃ済まないから、時差出勤しているのか。見渡せば車両に女性の姿はなく、ほぼ全員がスーツにネクタイ姿のビジネスマンである。

みんな無言だ。若い男はそれでも音楽を聴いたりしているが、おやじには何もない。新聞や本を読むことができるのは一部の恵まれた人にかぎられる。それがわかりきっているはずなのに対策ゼロ。目を閉じて、何を思いながら目的地まで揺られていくのだビジネスマン諸氏。

いまさら抵抗などあきらめているよといった表情にも見える。どうせ連日こんな具合なのだ。極限のストレスの中、本当にご苦労なことだと思う。新聞では陰惨な事件ばかり報道されるが、超満員電車で黙々と会社に向かう人たちを見ていると、まだ日本は大丈夫だという気持ちになってくる。社会を支えているのはこの人たちだ。この人たちが、もうやってられないと電車に乗るのをやめる日、それこそが日本崩壊の合図なのかもしれない。ありがとう。心の中で手を合わせる。

ぐほっ。感謝してる場合じゃなかった。電車が大きく揺れた反動でパワーアップした坊主頭の体当たりで、パソコンの角がみぞおちを直撃したのだ。く、苦しい、息ができん。壁男からのプレッシャーもますますきつく、身をそらせることもできない。よせ、そんなに尻を突き出すんじゃないよ。こ、腰が。キャリーを握る左手も、すでに感覚がなくなり始めている。

「よしゃこら！」

声を発し、全力で腰を伸ばしながらデイパックの位置を直す。初心者め、みたいな冷笑が飛んでくるが気にしてはいられない。が、すぐ前後から反撃。また元の姿勢だ。絶望感が襲ってきた。新宿まで、まだ15分はある。保《も》つのか。このままでは吐きかねないぞ。

「と、はりょ！」

はね返すと同時にカラダをひねり、かろうじてピンチを脱したとき、少し先に立っている痩せたおやじと視線が合った。

両肩をいからせ、肘を突き出して空間を確保しようとしているようだが、うまくいかないらしく少し泣き顔になっている。口はへの字。スダレ状の髪の毛が大きく乱れて前にたれて、スダレが鼻先にかかっているが戻すこともできないまま人にもまれている。あのあたり、よほどの激戦区であることが窺える。

ようやく中野をすぎ、新宿が近づいてきた。みぞおちと腰が苦しくてとても四ッ谷まで耐えられそうにない。ホームで一息つこう。

電車が止まり、ひしめき合う車内から乗客がはじき出される。代わりに新しい乗客が殺到。車内はたちまちさっきまでと変わらない状態になった。

車内を見ると、スダレおやじがつり革を確保し、髪の毛をかきあげているところだった。年齢は50代後半くらい。よく見ると優しそうな顔をしている。家庭は円満、会社では部下にも愛されていそうだなあ。

スダレおやじはバッグから新聞を取り出して読み始める。オレの通勤タイムはこれからだよ、と言わんばかりの余裕しゃくしゃくな表情だ。

こりゃ一本取られたな。発車する電車を見送りながら、ぼくはスダレに軽い尊敬の念を抱いていた。

「ゼロ磁場」で気を浴びる

標高１４２４メートル。険しい山道を登りきったところに目当ての場所はあった。駐車場にクルマを停め、「ゼロ磁場（気場）」と記された案内板に従って急な下り坂を歩くこと2分。うっそうとした森の切り立ったガケのようなところにベンチ代わりの木を並べた空間が見えてくる。どうやらここが気場であるらしい。小雨が降っているにも拘わらず、何人か前を向いて座っている。

ここは長野県伊那市（旧長谷村）と下伊那郡大鹿村の境にあり、国内屈指のパワースポットとして知る人ぞ知る、分杭《ぶんぐい》峠というところ。関東から九州まで縦断する中央構造線が真下を走っているために、ふたつの異なる地層がぶつかり、均衡を保ち、凝縮されたエネルギーを発するということらしい。中国の高名な気功師が来日した際、分杭峠を訪れ「こ、ここはただごとじゃない気を発しておる」と唸ったことで一躍有名になったという。

まあ、詳しい理屈はよくわからないのだけれど、とにかく健康に良い気（波動エネルギー）が流れているとされる場所なのである。

脚の悪かった犬がここで過ごしたあと自力で歩いて帰った、検査を受けるとカラダじゅう悪いところだらけだった人がすべて正常値に戻った、ケガで化膿した患部にここの石を当てていたら治った……。効果は絶大であるらしい。そのため、ヨガや気功をやる人はもちろん、健康上の悩みを抱えた人々から単なる観光客までが、全国各地から集まってくるのだ。

でも、そこで何をするのだろう。エネルギーの吹き出し口があって、そこで気を浴びたりするのだろうか。ヨガや気功の人たちは、気場でトレーニングに励むのか。ゼロ磁場の現場がどうなっているか、雰囲気を知りたくてやってきたというわけである。

が、それほど特殊なことが行われているわけではなかった。気場で座っている人たちは、適当に話をしながら佇んでいるだけだ。まあ、これだけ急な斜面だと動くこともままならないので、おとなしくしてるしかないか。ぼくも座ろう。

う。斜面の前方に両側から木々が押し寄せてきて、魚眼レンズを覗き込んでいるような光景だ。腹式呼吸をしつつ、大地から気を取り込むイメージで深く呼吸してみたが、景色を眺めながらだったので、気分が良くなるどころか、5分もしないうちに何かとても息苦しくなってきた。先客たちも長居は無用とばかり引き上げていく。どうやらこの人たち、ぼくと同じくドライブがてらの観光客だったようだ。

しかし、分杭峠のパワーはこんなものじゃないはずだ。ぼくのように、特にエネルギーを感じることのない人間もいるが、なかには敏感にそれを察知し、体内に取入れようとする人もいるはず。そんな〝本物〟に出会い、気を感じるとはどういう感覚なのか聞いてみたい。せっかく来たのに、このままUターンでは納得いかんよ。

翌日も雨だった。この日は水を汲みにきた人や、2匹の犬と一緒に気場に座り込む若いカップルなど、やや本気度の高いゼロ磁場ファンを目撃できた。さらに、真のゼロ磁場はベンチのある場所ではなく、もっと奥にある水場だとの情報も入手。勇んで駆けつけると、いた。長期滞在しているのか、食卓風のテーブルにやかんなどが置いてある。天候が悪いため外には誰もいないが、停めてあるクルマを覗き込むと、横笛を吹いている男の姿が。なぜに笛。わからん。〝本物〟だからかも知れない。う～んたしかめたい。こうなったら意地。晴れるまで通おう。

3日目、ようやく太陽が顔を出した。この日は週末とあって、峠には絶え間なく人がやってきて、コーヒーを沸かして飲んだり、瞑想に耽ったりして思い思いに過ごしていた。どれ、ぼくもゼロ磁場水を飲んでみようか。

そのときだ。水の効能を仁王立ちでレクチャーするオヤジが出現したのである。

「ここのは粒子が細かいから、滑らかさが全然違うの。さあグッと飲んでみて。ね、うまいでしょう」

流れるようなトーク。もしや、昨日の笛男か。

「いや、その人もしばらくいるけど、いまはどこかへ行ってるね。私？ 私はもう長い。5月からいるから。食べ物とか積んできて、テーブルもあるからね。寝泊まりはクルマでしているのよ、ははは」

5月って、じゃあかれこれ4カ月も居続けているのか。

「そうです。月に一度、自宅に戻って食料を運んでくる。ここ数年、夏はここにいますよ」

いったい何のために。個々の事情もあるだろうから、うかつには聞き出しにくいが、オヤジは痩身ながら血色も良く声もでかい。健康上の悩みを抱えているようには見えない。

マナーもいい。ゴミは一切捨てないようにしているし、小水はペットボトルにためているという。

　が、孤独などどこ吹く風でヨガや気功を極めようというストイックな姿勢でもなさそうだ。オヤジ、落ち着きがないのである。水場の管理人のように、誰かがきたら声をかけ、注意しまくり、かと思えば冗談を飛ばし、嬉々として動き回る。うるさく言い過ぎたのか、峠に居座る男がゴミを不法投棄しているとウソの通報をされ役人がやってきたこともあったらしい。

「怒鳴りつけてやったけどね。ここがどういうところなのか、知らずにくる連中もいるんだから、私みたいな人間がいて、教えてやることも大事でしょう。ね、そうでしょうが！」

　話しているうちに、だんだんわかってきたことがある。オヤジの目的は分杭峠にいること、そのものなのだ。一日中、いい気を浴び、人様の役に立ち、誰の世話にもならず生活する。それこそストレス知らずの生き方。そう信じ、実践している。

　いい趣味ではないか。気のことは相変わらずわからないけれど、そう思った。

「じゃあ帰ります、またお会いしましょうネ」

　関西から来たおばさんたちが、投げキッスをして去っていく。しっかり愛されてもいるのだ。

もう少ししたら山は冷え込み、オヤジの夏は終わる。だが、パワースポットに詳しいオヤジは行き先に困らない。見事だ。家族がどう思っているか、少し心配ではあるけれど。

——

そのとき、オヤジが動いた

このところベテラン・バンドの来日公演が相次いでいる。ASIA、TOTO、バンドじゃないがボズ・スキャッグス。チープ・トリックもしっかり。あと、ポリスの再結成ライブもあった。スティングが元気なポリスには現役感がまだあるが、他は失礼ながら全盛期をとうに過ぎた印象が強い。老後の資金稼ぎのため日本に出稼ぎ、そんな匂いがする。

こういうライブに客は何を期待して集まるのか、ずっと気になっていた。懐メロ大会のノリなのか、ノスタルジックな気分に浸りたいのか。それとも、我が青春のヒーローたちの勇姿を確認したいのか、よくわからない。だから個人的には、過去のものとなったバンドをいまさら見てもと、ちょっとした流行になりつつある懐かしバンドの来日に冷ややかな視線を浴びせていたのである。

が、グラッときてしまった。シカゴがくるのだ。

高校1年だった73年、初めて聴きにいった外タレバンドがシカゴだった。昔すぎて詳細は何も覚えちゃいないが、コンサートでは紙テープを投げるものだと思い込み、しかし紙テープがどこに売ってるものなのか見当がつかず、仕方なくトイレットペーパーを持参。一番安い席から力いっぱい投げるも当然すぐにちぎれ、カタマリごと1階席に落下していったシーンが記憶の隅に残っている……しょうもないね。

それはともかく、シカゴ来日を知ってうずくものがあった。理屈はいい。見に行きたい。あれから35年、「長い夜」は、「サタデイ・イン・ザ・パーク」は、いまどんなふうに聴こえるだろう。それを体験してみたい。会場にはぼくと同じく、心がうずいて駆けつける中高年もいるはずだ。シカゴの結成は67年。そのとき20歳だったファンの若者は、もう還暦を迎えている。

だが、主催者の狙いは40代のようだ。シカゴだけでは動員が不安だったのか、映画『バック・トゥ・ザ・フューチャー』の主題歌などで80年代に人気があったヒューイ・ルイス&ザ・ニュースまで引っ張ってきたからだ。

どうだろう、この読みは。70年代の勢いを失っていたシカゴは80年代、メロウなサウンドで再び人気となったが、そこをメインに考えるのは正解なのか。シカゴファン第一世代を軽く見てはいないか。

　コンサート当日、会場にはやはりオヤジの姿が目立っていた。入場した瞬間にそれがわかるのは、頭部のせいだ。とにかく白い、薄い、短い。10代など皆無に近く、20代が2割、30代と40代が5割、50代以上が3割というところだ。男女比は7対3くらい。男くさきムンムンである。

　開演前、喫煙所に立ち寄ると、休日とあってダンガリーシャツにジーンズなど、腹はたっぷりしているものの、若々しい姿で馳せ参じた単身オヤジの姿が目についた。周囲で楽しそうに会話している若い衆やカップルなど眼中になく、ひとり静かに気合いを高めているようだ。タバコをもみ消しながら「よし！」なんて声まで出てる。いや、ぼくもその一人だが。

　席に着くと、すぐ隣が同世代風のカップルだった。たぶん夫婦だろう。男のほうがシカゴについて説明をしている。他には2席前に白髪頭の男二人連れ。さらにその前方には後頭部をテカらせた単身オヤジの姿もある。じっくり構えて開演を待つ姿が頼もしい。

　前半のヒューイ・ルイスは40代までのものだった。ぼくもときどきは立ち上がって見たが、本命はシカゴ。ここで軽々しく動き回る気にはなれない。隣の夫婦は奥さんが立ち上がって手拍子するも夫は座りっぱなし。前の白髪コンビはヒット曲のみ立ち上がった。テカらせオヤジはピクリともせず腕組みしている。

そして、いよいよ後半。シカゴが舞台に立ち、つぎつぎに往年のヒット曲を披露していく。出し惜しみしないところに大物バンドの余裕が漂っている。いいね、いい。つい立ち上がって手拍子だ。もともとロックンロールバンドじゃなく、ブラスを前面に押し出したメロディアスなサウンドのせいか、いまでもそんなに古くさく感じない。

さっきから、横と前の白髪オヤジたちも、辛抱たまらんとばかりにカラダを揺らし始めている。若い衆のようにうまく踊ることはできないが肩を左右に振りながら懸命の手拍子。かと思えばスローな曲ではすかさず腰を下ろす。さすがシニア。長年のキャリアを生かし、マイペースの鑑賞ぶりだ。

熱演が続く中、ひとり微動だにせず、ぼくをヤキモキさせているのがテカらせオヤジ。何かを待っているのか。最後まで立つ気はないのか。と、そこに聞き慣れた「サタデイ・イン・ザ・パーク」のイントロが。オヤジ観察も忘れ、誰よりも早く立ち上がってしまったぼくだった。イェイ！　声まで出してしまったよ。

そして曲の終盤、我に返ってテカらせオヤジを見ると……立っていたのである。ぎこちないが小柄なカラダが左右に揺れている。

タメてタメて、必ずや訪れるこのときを待ち構えていたのだ。オヤジの何かがこの曲に凝縮していることは疑いの余地がない。

なんだか嬉しくなるとともに、ぼくは確信した。これは、もう一山ある。アンコールで披露されるであろう「長い夜」で、会場の熱気は最高潮に達する。その中心に陣取り、リズム感に欠ける踊りで80年代以降のファンを圧倒するのは、テカらせオヤジであり、白髪オヤジであり、ぼくなのだ。

ところがである。なんとアンコールでギタリストの布袋寅泰が飛び入りしたのだ。たちまちわき起こる布袋コール。沈黙するオヤジたち。そして、「長い夜」のイントロが始まったところで布袋が舞台の前にせり出してくる。ああ……。

布袋は素晴らしいギタリストだ。主催者にしてみれば、粋なはからいのつもりだったかもしれない。シカゴのメンバーも、いつもと違う演奏ができて楽しそうだった。でも、エッジの効いたギターでパワーアップした「長い夜」を聞きたかったかと問われれば話は別だ。長い年月のうちにシカゴのメンバーも半分くらいは変わっている。それでも、この曲はシカゴだけで演奏して欲しかったと思う。

照明が灯されたとき、荷物をとるために振り向いたテカらせオヤジの顔には、人生なんてこんなもんさという、あきらめにも似た微笑が張り付いていた。

牙は折れても

Wさんはフリーの編集者でぼくより10歳ほど年長の大ベテランだ。取材で世界中を飛び回っているかと思えば、自宅で梅干しを漬け、それを肴に朝から酒を呑んでいる。そして禿げている。

「アジアじゃオレ、受けが悪いんだよな、東条英機に似てるから。でもヨーロッパだとそうでもないの。藤田嗣治にもちょっと似てるから」

しょうもないことしか言わない。

「この前、頭に小鳥がとまったんだけど、野郎、足を滑らせやがってさ。オレの勝ちだった」

一緒にタイに行ったとき、朝食をとりにテラスへ行くと、プールでがんがん泳いでいる男がいる。速い。あの禿げ方はWさんだ。やがてプールから上がったWさんの上半身はきれいな逆三角形だった。ただ酒ばかり呑んでいるわけではないのだなと感心し、すごいスピードですねと誉めたらニカッと笑って一言。

「水の抵抗が少ないからさ」

そのときは象の取材だった。海辺から島まで、象の背中に乗って渡れるところがあるから行ってみないかと誘われたのである。だが、タイに着くなり、それはインドだかスリランカの話であることが判明した。

「う〜ん、勘違いだったか」

Wさんは数秒間だけ神妙な顔になったが、プーケット界隈に象がいることはいるらしい、行ってみようと悪びれる様子もなく言うのだった。象は最高にカッコ良く、可愛く、ぼくはたちまち夢中になる。聞けば、ここらの象はタイの東部、スリンというところからやってきたという。となると当然、彼らの故郷まで訪ねていきたくなる。

が、予定では明日、別の町にいる象に会いに行くことになっており、エアチケットも手配済みだ。たしかキャンセル不可のはずである。行きたい。でも言い出しにくい。悩んでいたら、タイの地図を見ていたWさんが頷く。

「スリンに行きたいんだろ。飛行場ないみたいだし電車じゃ時間がかかりすぎる。クルマだな。高速なしで千キロ以上はありそうだけど」

「問題ないっす。けど……」

「これだけ象に惚れたら行くしかないじゃない。経費のことで文句言われたら、深々と頭下げてピカッと光らせとくから。さてと、クルマをどうするかだ」

わけのわからない頼もしさを発揮するのだった。

そんなWさんが、雑誌をやりたいと言い始めたのは3年ほど前だっただろうか。団塊世代という言葉でくくられ、第二の人生がどうだとか健康に留意して長生きしようとか、そんなことばかり聞かされるのはどうもおもしろくない。勘弁してくれという気持ちがある。もっと違うジジイの有り様だってあるはずで、自分はそういう雑誌を立ち上げたいと。

「タイトルだけはもう決めてあるんだよ。『オレキバ』っていうの」

Wさんは学生時代、故・園山俊二が描いた『ギャートルズ』が大好きで、ギャートルズがときどき出会う牙の折れたマンモス『カタキバオレ』からタイトルを決めた。

「主人公ギャートルズの好敵手で、深慮遠謀、剛毅木訥かつ情に分厚い。出会うとバシバシッと視線がぶつかるんだけど、ギャートルズはこの老マンモスに一目置いてて手を出さない。お互いに認め合ってるわけ。いいなあと思ってさ」

ただしアテはまったくない。編集についてはプロだが、原価計算や流通の仕組みについては何も知らない。でもやるしかないと思っている。どこも出してくれないようなら千部作って書店をまわり、置いてもらおうか。勢いだけはあるが、よく聞けばはなはだ心許ない計画である。どこまで本気なのかWさん。

その後も、ときどき会うと必ず『オレキバ』の話になったが、進展はしていないらしく、Wさんの口調も弱気だ。やはり現実の壁は厚いのか……。そう思いかけた今年の夏、前触れもなくメールがきた。

「『オレキバ』をいよいよ始動させたいと思います。自らがオレキバと自負し、読者もオレキバとしての意識を持てる新しいコミュニティ(原始の明るさと逞しさがある)に向けて、まずは一歩を！　基調はパンク。いつも心に、大パンク、です」

おお、Wさんに勢いが戻っている。相変わらずわけがわからないが、やるとなったらこの北尾も馳せ参じねば。

「じゃ、頼むわ。いつか一緒に行った祭り、あれ最高だったじゃない。12ページくらいでどーんとやりたいんだよね」

打合せをしている間にも、紙がどうとかカラーページがどれくらい取れるかとか、Wさんの携帯に実務的な連絡がひんぱんに入る。

「カラー、そこまで増やせますか。や、それはありがたいです。そうなるとページ構成、再検討ですね」

電話を切り、苦手な台割と格闘を始める。

「けっこうつきあいが長いけど、こんなにマジメな顔のWさん見るの初めてかも。髪があったら禿げるくらい忙しそうだね。ないけど」

同席したデザイナーが、笑いをかみ殺しながらページの割り振り案を出す。それに合わせてぼくも写真を選び直し、ようやく内容が固まったところで版元まで束見本をもらいに行った。束見本は表紙と内容の一部のみ印刷し、誌面の雰囲気を伝えるものだからほとんど白紙なのだが、Wさんは嬉しそうだ。

喫茶店に入り、ふたりでそれを眺めながらあれこれ意見を交換。『オレキバ』はB4サイズと大きい。以前はたまに見かけたこの判型も最近では珍しいから、かえって新鮮かもしれない。創刊号の目次には、インドとかヒッピーという言葉が躍っている。特集の写真にはインドのものすごい雑踏。むんむんと人間臭い。

「オレは、ジジイよパンクであれと思って作るわけだけど、ひょっとしたら30前後のヤツがおもしろがるかもしれないと思うんだよね。でも、まったく相手にされない可能性もあるよな。大いにある。なんかさ、ドキドキしてんの。毎日、いけるかも、いやダメかもって気持ちが動揺しちゃってさ」

恋愛中の若者かよ。発売は1月末。まだ束見本ができたばかりなのに、こんなに初々しくていいのか。

「だな。やるしかないよ。じゃあ原稿よろしく。オレ、やらなきゃいけないことがたくさんあるから今日は帰るわ」

野球帽をひょいと頭に乗せ、Wさんが足取り軽く去っていく。Wさんといて呑みに誘われなかったのは初めてのことだった。

日比谷公園の裸族

肩幅よりやや広めの位置を慎重に握り、精神集中すること数秒。男はゆっくりと前を向き、一気呵成にカラダを持ち上げた。

「ウワォッ！」

1回、2回、3回。力を入れるたびにライオンの咆哮を思わせる大声が出る。上半身は裸だ。

「ダァーッ、ダヴッ！」

声こそ苦しげだが、着実にカラダは上がる。男は10回の懸垂を終えると鉄棒から降り、つぎの〝試技〟のため乱れた呼吸を整え始めた。

さすがは大会を控えて調整に励む体操選手……じゃあないんだよ。ここは日比谷公園の中なのだ。しかも時間は午前8時前。男の前には通勤中のサラリーマンがぞろぞろ歩いている。が、思わず立ち止まり、そばのベンチに座って〝観客〟となったのはぼくだけ。誰も懸垂男に注目しない。

慣れているんだなと思った。たぶん男は、毎日のようにここで懸垂をしているのだ。だから誰も何とも思わなくなっているのだろう。とにかくもう少し様子を見たい。

う。仲間がいる。派手な咆哮に気を取られていたが、よく見ると周囲に5名ほどトレーニング中の男たちがいて、平行棒っぽい動きで脚を前後させていたり、吊り輪（こんなものもあるのだ）にぶら下がっていたりするではないか。

各自バラバラの運動をしているのに仲間だとわかるのは、全員が上半身裸だからだ。しかも彼らもまた通勤途中の勤め人であるらしく、下はスラックスに革靴だったりする。そうか、上半身をさらすのは通行人に筋肉マンぶりを誇示したいのではなく、下着が汗を吸うことを避けるためなのだ。

世間にはスポーツジムで汗を流してから出社する優雅な人もいるが、我らには関係ない。スポーツジムに鉄棒や吊り輪があるか。ない。職場の近くで他に適当な施設はあるか。ない。だったら選択の余地などない。この日比谷公園こそ我らのホームグラウンドだ。

一点の曇りもない結論に導かれた男たちに周囲の視線は関係ない。見かけにこだわるなど小さなこと。仕事が控えているんだから、着替えなどの無駄な荷物を持たずに鍛錬することこそ肝要との、揺るぎなきポリシーを感じる。

8時15分になると、低めの鉄棒で振り子運動していた白髪頭のオヤジが練習を切り上げ、水を含ませたタオルで上半身を拭いてから下着とYシャツ姿に戻った。歩き出したので後をつけると某庁舎に入っていく。公務員のようだ。同僚たちはオヤジが胸をはだけて鉄棒やってるのを知っているんだろうか。日比谷公園だもの、知ってるよな。オヤジだって隠す気などないだろうし。

再びベンチへ座ったぼくを懸垂男が怪訝な目で見る。不審なヤツだと思われたかも知れないが、すぐに自分の世界に戻ったのでホッとした。

「ウワァァ!」

また始まった。他のことはまったくせず、懸垂一筋だ。理由は見当もつかない。

と、そこに新たな練習オヤジが。仲間たちに無言で会釈すると、躊躇することなく上半身を脱いでゆく。スーツとYシャツの畳み方がていねいだ。几帳面な性格なのである。

しかし動きはダイナミック。始めこそウォーミングアップなのか鉄棒にぶら下がって前後に振るだけだったが、カラダが温まったところでバッグからおもむろにタオルを取り出し、鉄棒の中央にそれをかけてヒザからぶら下がったのだ。

「ンフッ」

小さなかけ声とともに動き出したオヤジは、ぐんぐん反動をつけて上へと舞い上がる。手の振りもいい。上半身は完全に鉄棒の上だ。懸垂男もこの迫力には一目置いているのか、休憩しながら眼を離さない。

この運動をメインに、几帳面オヤジは他の運動も加えて黙々とメニューをこなしていく。見た目はゆっくりしているものの内容的にはハード。汗が光っている。どうやら狙いは腹筋強化にあるらしい。割れた腹筋には、メタボのかけらも見受けられない。この人なら、かなり本格的な鉄棒もできそうだ。

でも無理はしない。その気になれば1回転して降りることだって確実にできるはずだが、規定の回数だけやったら勢いを殺して元に戻るのだ。う〜ん、抑えに抑えた試技がたまらないね。

合間には仲間に話しかけたりして、コミュニケーションも取る。このあたり、ストイックでありながら和の精神も発揮。他のメンバーにはない気配りである。実際、几帳面オヤジがきてから場の空気が明るくなった感じがするのはぼくだけだろうか。といっても他にギャラリーなどいないけど。

見とれているうちに、ひとりふたりと人が去り、8時50分には几帳面オヤジも練習ストップ。割れた腹筋を持つ男とは思えない平凡な勤め人の姿になって、どこかへ行ってしまった。

世間ではアンチ・エイジングなどとしきりに言われ、シワ伸ばしだの何だのと、外見の若さを競い合う風潮がある。

老け込んでみられるとロクなことがないですよ。どんどん自信をなくしてショボクレちゃいますよ。家族も部下も、年寄り臭いのはイヤなんですよ。まるで歳を取るのは悪と言わんばかりだ。

だが、日比谷公園で朝から元気な〝裸族〟は、一見冴えないオヤジでいながら脱いだらすごい。鉄棒ブンブンだ。シワ取り手術する連中と比べたらどっちが真のアンチ・エイジングだろうか……なんて評論家みたいなことを言ってる場合じゃなかった。鍛錬オヤジたちがぼくに突きつけた問いはこうだ。

おまえに脱げるのか。脱ぐ価値のある動きができるのか。

もう通勤タイムは終わり、あたりを歩く人は少ない。ベンチから立ち上がり、鉄棒の下まで行ってみる。高い。手が届かない。できるとしたら懸垂か。久しくやってないが。思い切って脱いだ。ちょっと恥ずかしい。ぼくの腹筋は割れておらず上腕筋の張りもオヤジたちとは比較にならない。でも1回でいいから、鉄棒の上に顔を持ち上げてみたい。

「ホグァー!!」

威勢のいいのはかけ声だけだ。やはり筋力が衰えている。粘れ、粘るしかない。徐々に上へ。さらに上へ。やった、成功だ。

力尽きて砂の上に落下したとき、もうシワなんかどうでもいいと心底思った。

踊る交通整理員

　自宅から駅まで歩いていくのが習慣だ。小さな公園でのタバコ休憩を入れて30分。その公園前の道路で1カ月ほど前から補修工事が始まった。ガガガとうるさい日は一服する気になれないのでそのまま行き過ぎることになる。

　ある日、騒音が響いていたため道の反対側を歩いていたら、いきなり罵声が聞こえた。

「クソババァ&%$らぁ！」

　とっさに振り返ると、20メートルほど離れた車道を、自転車に乗ったおばさんが去ってゆくところだった。罵声はこのおばさんに浴びせられたものと思われる。でも誰が。あたりにぼく以外の通行人はおらず、クルマも通っていない。作業員は穴に潜って仕事中であるし。

　や、ひとりいた。旗を手にしてクルマや歩行者を誘導する交通整理員だ。この男が指示を無視して車道を行く暴走チャリに腹を立てて怒鳴ったに違いない。民間の交通整理員に法的権限はなく、あくまでお願いする立場。おばさんが逆上して現場責任者に抗議する可能性もゼロではないのに、それを覚悟で危険走行を一喝したなら、いい根性をしている。

ところが、どうもそうではないようだった。整理員の動きがヘンなのである。工事による片側通行を、事故や渋滞を招かないようコントロールするのが彼の仕事のはずだが、滑らかな運転で通り過ぎたクルマにお辞儀したり拍手してみたり、ぎこちないドライバーには「チッチッ」と指を立てて振ってみたりと、細かいパフォーマンスをしているのだ。

これを最後に走行方向が切り替わるというところでは、自分が通した最後の1台を見送りながら、くるりと1回転して着地する大技も披露。すかさず「ＯＫ！」と声を出す。その姿は、まるでヘルメットを被ったダンサー！

眼が離せなくなった。翌日からは掘削機がうるさくても公園での一服を敢行し、動きを見守る日々だ。

工事は長さ約１００メートルにわたって行われ、整理員は前後と中間地点に計3名配置されている。中間地点で歩行者整理していることもあるが、男の持ち場はだいたいは駅寄り側。公園から丸見えの場所に立つことが多い。
数日間の観察により、動きにパターンのあることがわかってきた。

1. 優良ドライバーへの礼、賞賛
2. へたっぴや危険ドライバーへの怒り、指導
3. ときおりのジャンプ、回転
4. 意味不明の旗振り、腰振り
5. 1〜4の折々に発する呟きや叫び

4については退屈しのぎの面が強いようで、待機するクルマがいないときなどに突然行われるもの。旗振りはともかく、腰をクネらせながら身を沈めたり片足を振り上げたりするのでやや気持ちが悪い。だが、ふざけているのではなく、あくまでも単調な仕事にメリハリを与えるのが目的だと思える。よく見ていると罵声もじつは慎重で、大声を出すときは必ず相手が通り過ぎてしばらくしてから短く2、3秒なのだ。ジャンプや回転も、渋滞気味のときは絶対やらず、余裕のあるとき限定。計算ずくの動きなのである。そんな計算は誰からも求められていないわけだが、ぼくは工夫があっていいと思う。働く男として一目置きたい気持ちがする。一度、ねぎらいの声をかけてみたい……。

チャンスはきた。いつものように公園に行くと、男がベンチに座っておにぎりを頬張っていたのだ。でも、何も工事の脇で食べることもあるまいに。

「お疲れさんです、昼休みですか」

隣のベンチに座ってタバコをくわえ、軽く声をかけると、男はうなずいて頭を下げた。いつもぼくが公園で休んでいることを知っているのかもしれない。

「食事なら、駅のほうにラーメン屋とかいろいろありますよ」

「はい、知ってますけど」

年齢は40歳前後に見えるが、ヘルメットを取り、日焼けした顔に思いのほか深いシワが刻まれている。威勢のいいタイプを想像していたが、路上で見せる元気はない。むしろ線が細い印象か。男は一呼吸置いてつけ加えた。

「このほうが落ち着いて食べられるんですよ。万一がありますからね、この仕事」

「万一？」

「ええ、事故とか。それほど安全な仕事じゃないですよ。直前まで工事に気づかず、突っ込んできそうなクルマもいますから」

男は交通整理のプロではなく、警備会社から派遣され、一日いくらで働く派遣スタッフ。本音はもっとラクな現場の警備がしたいが、そうもいかないのが現実だそうだ。

「この現場やってると、長いですよ、一日が」

「立ち仕事ですもんね」

「もう慣れたけど、最初のうちは脚がむくんでましたよ」

食べ終えたおにぎりの包みをていねいに片付けながら、男が微笑む。

「だけどそれより、ひとりで1カ所にずっといるってのが本当に疲れますねぇ。それと、今日なんか涼しいからいいけど、暑い日は喉がカラカラになります」

孤独な仕事なのだ。同じ立場の交通整理員は持ち場に散っているし、作業員は別部隊。通行人や通行車両と会話があるわけでもない。そうか、だからときどき大声を出して発散しているんだろうか。

「え、大声ですか？」

「うん、いつだったかチャリのおばさんを怒鳴りつけてるのが聞こえましたよ」

「まわりに聞こえるような声を出してたんですか？　まいったなあ。ロクなこと言ってなかったでしょう」

自分では小さく言っているつもりだったようだ。男は恥ずかしそうに頭を掻き、腕時計に目をやると、「じゃ、そろそろ交代ですんで」とベンチを立った。

タオルで顔を拭ってからヘルメットを装着し、靴ひもを締め直して再び路上に立つ。

きびきびした誘導ぶりに、休憩でリフレッシュした気配が出ている。

ぼくもこんなとこでダラケてる場合じゃないよな。仕事場へ行こう。

タバコを消して歩き出し、10メートルほど進んだところで振り返ると、ちょうど整理員が旗振り1回転をキメたところだった。同時に何か叫んだように見えたが、声をセーブしたのか、その内容までは聞き取れなかった。

リストラおやじを囲む会

広告代理店に勤めるAさんが、リストラされて落ち込んでいるから励まそうではないか。そういう主旨の連絡がきたので即OKした。放ってはおけない、そんな気持ちだ。

メンバーはイラストレーターふたりとぼく。Aさんの元部下で、その後フリーになって活躍している女性はともかく、ぼくともうひとりのイラストレーターは会社勤めの経験さえない。この3人で何をどう励ませばいいのか、よくわからないまま待ち合わせ場所へ急ぐ。

「ぼく、このたび23年間働いた会社からリストラされちゃいました、カンパーイ!」

居酒屋に落ち着くなり、自虐的に陽気な声を張り上げるAさん。数カ月前に会ったときは全然そんな話もなかったのに、いったい何があったのか。

「そうだよね。あの頃は冗談まじりに、オレもそろそろ、なんて言うくらいだったもんな。可能性あるとは思ってたよ。でも自分がリストラの対象になるってリアルな感覚はなかった。だってオレ、2カ月前に部下の首を切ったばかりなんだよ」

会社の業績が悪化していることは知っていた。だから、断腸の思いで部下に辞めてくれと言った。すぐに失業手当がもらえるよう、会社都合による退職扱いにするよう社長を説得。若いんだから転職のチャンスはある、あきらめるな、と部下を送り出したという。

「冷静に考えれば、つぎは自分かもしれないと気づくべきなんだよ。でも、そうは思わなかったなあ。なんか、もう、こたえてます」

社長から話があると言われたときも、新しいプロジェクトが動き出すのかと呑気に考えていたら、待っていたのはリストラ話だった。クライアントが離れた、資金繰りが大変など理由はいろいろある。社長は、キミの落ち度ではないと頭を下げた。だが、煎じ詰めれば用件は一言。キミはもういらない。Aさんは一瞬にして〝毎日が日曜日の人〟になってしまった。

「そうなってみてやっと、リストラってこういうことかとわかったよ。言われたのが金曜日でそのまま週末。月曜の朝、習性で目が覚めて布団から出たとき、行くとこないんだと気づいてボーゼンとしたな」

猶予期間はたった1カ月。有給休暇の残りを勘定したらそれ以上あったので、以後は出社していない。いったってしょうがないし、送別会もないドライな職場なので、もういかないつもりだ。

「まあ、Aさんはいっぱいお金もらっていたんだから、当面は生活の心配がなくてよかったね。ボクなんてフリーだから常に不安だらけだよ。それでも元気でやってるんだからさ、なんとかなるよ」

イラストレーター男の心優しい言葉が、Aさんの胸にしみ込む。

「長い間働いたんだから、まずはゆっくり休んで。先のことはそれから考えたらいいじゃない」

元部下女史の心遣いも、ふさぎがちな気持ちをほぐす効果があったようだ。飲むにつれ、Aさんの発言に勢いが出てきた。

「うん、そう、そうなんだよ。オレさ、もうじき50歳になるんだけど、49歳でリストラされたっていうのは、ここでいったん人生を整理して50代から出直せってことかもしれないなと思うんだよな」

「その通り！」

このときとばかり声を合わせるフリーランス3人。

「大学出てからずっとサラリーマンやってきたでしょ、一度くらいは好きなように生きてみろという天の声のような気もするんだ」

「そうだ、幸か不幸かいまは独り者なんだから遠慮はいらん、好きなことをやれぃ！」

「そうだなァ」


リストラを通告されたのは、住んでいたマンションを引き払い、親と同居するため23年ぶりで実家に戻った直後だった。親に首になることを告げると、しばらくはのんびりしろと言われた。

起きてリビングで新聞を読んでいると、○○ゴハンよ〜と声がかかる。そのタイミングも声も昔とまったく変わらない。この日常感は何だろう、オレの23年間は幻だったのかと不思議な気分になるらしい。

「就職活動するかな。まず無理か、そうだよな。どうするかなあ、これから先。せめて知り合いに連絡くらいはするようにしないと」

人の出入りが激しい広告業界では、首になった人間など3カ月で忘れ去られる。自分も同じことをしてきたが、いまはこれまで築き上げた人間関係を失うことが怖い。さっきまでの元気はどこへやら、夜が深まるにつれ、またしょんぼりし始めるAさんだった。

揺れている。自ら希望した退職なら腹も据わるだろうが、そうではないのだ。なんとなく、このままいけると思っていて、突然ガケから突き落とされたようなものである。そうカンタンに立ち直れたら、そのほうがおかしい。楽天家のフリーランス3人も、安っぽい励ましの言葉はかけられなくなる。

「この前、人前で歌ったんだよ」

重くなった場の空気をふりはらうように、Aさんがポツンと言った。

「ライブハウスで、ボブ・ディランの曲に自分で訳詞つけて、多摩ディランと名乗ってやったの。そしたら5千円もくれたんだよ、ギャラを。うれしくてさ。なんかさ、こんなふうにやっていけたらそれもいいかなと夢みたいなこと思ったりしてる」

歌で食べていけると考えるほど能天気なわけじゃない。否応なく仕事が中心だった人生で、ぽっかり時間ができてしまった。つぎの目標はまだなく、仕事になるほど一芸に秀でているわけでもないおやじが、まず手にしたのがギターであり、口ずさんだのがディランだったということにすぎない。揺れるオヤジ心が何を選択するか、いまはまだ本人でさえはっきりとしないのだ。

「今回はまいった。こたえてます。長い休暇だと逆境を楽しめるタチじゃないんで。でも、あの5千円には心が震えたなあ。オレの歌がなあ」

閉店で店を追い出され、駅で別れた。最後まで、ぼくにはかける言葉も見つからなかったけれど、Aさんが何かやるときには応援しよう。それだけは誓った。さしあたり、つぎのライブには行こう。がんばれ多摩ディラン。そうそう、ボブ・ディランも歌っているじゃないか、「くよくよするなよ」って。

そして人生は続くのだ

青春18きっぷで小説の舞台へ

愛とか青春という言葉は、広く流通している割に口に出すことをはばかるような気恥ずかしさがある。とりあえず愛については思い入れがあるわけでもないので放っておこう。これまで誰かに「愛しているよ」と囁いたことも囁かれたこともないけれど、残念だとは思わない。

だが青春はちょっと違う。口にすることがめったにないのは、その言葉を大事にするあまり、うかつな場面では使いたくないという心理が働いているように思う。地味で冴えない青春時代を過ごした、苦い思い出の反動なのかもしれないが。

つい大げさな前フリになった。今回は青春18きっぷの話なのだ。

これは学生が休みとなる春、夏、冬にJRが発行する期間限定割引切符で、特急列車などには乗れないが、各駅停車は5日間乗り放題。連続して使う必要はなく、期間内の

5日間ならいつ使ってもいい。しかも、友人と2日間旅行して、さらに1日は一人きりでどこかへ行くといった使い方も可能。格安かつ便利なところが受け、密かなロングラン商品になっている。

このネーミングでこの内容だから、ぼくは長い間、学生だけが使える切符だと思い込んでいた。青春だけならまだしも「18」という数字が、いかにも若者限定を匂わせる。ところがそうではなく、誰でも使えることを2、3年前に知った。各駅停車でのんびり旅行。いいではないか。お得でもあるし、ぜひ一度使ってみたい。

が、この切符を買うには、みどりの窓口へ行き、真顔でこう言わなければならない。

「青春18きっぷ1枚下さい」

想像しただけで、かなりの恥ずかしさがある。自意識過剰かも知れないが、おっさんがあえて青春を口にする以上はそれにふさわしい内容、必然性というんですか、それが欲しい。旅費を節約するためだけにこの切符を利用するのは、いまひとつ面白味に欠けると思うのだ。

わかっている。肩に力、入りすぎだ。もともと低料金を売りにしている企画商品に必然性など求めたら、さっぱり使う機会がないのは当たり前。ということで、いつか、いつかと思いながら、スピード優先の旅行ばかりすることになってしまった。

しかし、ついにチャンスがきた。梅雨時あたりから読み始めた藤沢周平の時代小説に夢中になるうち、その舞台としてたびたび登場し、著者の出身地でもある山形県鶴岡市に行ってみたくなったのだ。鶴岡には藤沢周平ゆかりの場所もあるし、小説に登場する実在の場所は観光名所にもなっている。ファンとしては、ぜひ一度訪れ、藤沢周平の原点に触れるとともに、美しい文章で描写された鶴岡の町を散策してみたい。そして、それならば特急列車でラクに行くより、藤沢作品を読みながら徐々に気分を高めつつ鶴岡に接近して行くのが理想的なのでは。うん、それこそが時代物でありながら青春小説の傑作と言われ、鶴岡が舞台にもなっている『蟬しぐれ』の読み方としてベストだ。読むのがもったいなくて後回しにしていたんだけど、温存していた甲斐があったね！

調べてみると、最寄りの駅を朝7時頃に出れば、約10時間半で鶴岡に到着することがわかった。長編を読み切るにはピッタリである。まあ10回以上も乗り換えがあるけど、それもいい気分転換だ。

8月。蟬の鳴き声が聞こえる時期を待って電車に乗った。新宿で乗り換えて赤羽経由で大宮へ。気分は上々、読書も快調……とはいかないんだよね。もみくちゃの通勤電車である。でも、ここを耐え、東北本線に乗ってから旅行気分が出てきた。各駅停車だからビールに駅弁という具合にはいかないが、車窓からの眺めが田園風景に変わっていく様がよくわかる。ページを繰るペースも次第に上がり、物語の世界にどんどん没入していける。

　黒磯から郡山、そして福島へ。乗り換えも、一服する時間がないほどスムーズだ。疲れたときは乗客の会話に耳を傾ける。中高生はかぎりなく標準語に近い言葉を喋るが、地元の中高年者は方言まじり。地域ごとに微妙に変化して行くのが楽しい。

　電車によっては座れないほど混んでいて立ち読みを余儀なくされることもある。混雑の一因は旅行者。青春18きっぷ組が大勢いるのである。だいたいは若いヤツだがオヤジもいて、登山用のバッグを足元に置いていたりする。わかるなあ。オヤジにとっては特急でぴゅっと行って登るより、じわじわ目的地にたどりつくほうが「時間に贅沢している」わけだもんね。

　山形県の米沢から新庄に向かう頃、『蝉しぐれ』はいよいよ終盤に差し掛かってきた。一気にラストまで読み切りたい気持ちをこらえ、真夏の田園風景をぼんやりと眺める。

　そして思った。こういう旅行を昔、周遊券を使ってよくやったよなあと。どこへ行ったとか何を見たということばかり記憶していたけれど、こんなふうにのんびり移動して、明日の予定も決めないままひとりで列車に揺られていた時間が長かったのだ。そうだった、本当にこの感じだった。

懐かしい気がしないのは、いま現在、電車に揺られているからだろう。いまや学生じゃないし、家族もいて、いつも〝時間に不自由〟している。だけどできるのだ。やろうと思うかどうかだけの問題なのだ。オヤジにとって青春18きっぷとは、列車に揺られながら青春時代の感覚にゆっくりと戻っていくための〝通行券〟なのかもしれない。

鶴岡まであと少し、余目という駅で30分ほど余裕があったので、改札の外に出てみた。と、構内にコーヒーショップがあり、ジャズの音色が。

「夏休みですか、いいですね。どちらまで？」

なぜかオシャレな雰囲気のマスターが話しかけてくる。駅構内なのにジャズ喫茶にいるみたいだ。

「鶴岡です。藤沢周平が好きなので、本を読みながら各駅を乗り継いできました」

コーヒーを飲み干して、最後の列車に乗る。幸い空いていたので、4人掛けの席を一人で占領し、『蟬しぐれ』を読了。余韻に浸っているところで車内アナウンスが流れた。

「まもなく鶴岡、終点鶴岡に到着いたします」

切符を見せて改札を出る。あと4日も使えるのか。まだ着いたばかりなのに、ぼくは早くも次の行き先を考え始めていた。

夜明け前、赤福を買いに

製造日偽装などで営業禁止処分を受けていた赤福が営業を再開した（2008年）2月6日は、徹夜組まで出る盛り上がりで、午後1時には品切れになったという。それから約1カ月。コアなファンが落ち着いた頃合いを狙って、伊勢に行ってみることにした。

ビジネスホテルに宿を取り、午前4時起床。寒い。二度寝したい。いかん、負けてられるか。相手は驚異の午前5時開店である。シャワーを浴び、顔面及び上半身に朝青龍ばりのセルフ張り手でカツを入れてみたらコレが効く。なんでこんなに張り切っているか自分でもよくわからんが、そもそも今回の遠征に深い理由などないのだ。五十鈴川を眺めながら、できたての赤福を食べたいだけなのである。

「おはようございます！」

4時半、フロントに降りると同行のY嬢がすでにチェックアウトを済ませていた。明らかに起き抜け顔。化粧もろくにしていないが目はランランとしている。

手配したタクシーが玄関前に滑り込んできた。

「赤福本店前まで。特急で」

暗がりのなか、あせり気味の男と女。運転手が戸惑い気味にいう。

「十分間に合いますわ。こんな寒い中、いまなら並ばんでもゆっくり食べられますよ」

それこそが狙いだ。300年の伝統を持つ老舗和菓子へのリスペクトをどう表現するか、ぼくなりに考えた結論が本店一番乗り。そのために営業再開初日に駆けつけたい気持ちを抑え、ライバルが減るだろうこの日まで待ったのである。

なぜ本店か。赤福は餅に餡をかぶせた菓子で、餡の部分に五十鈴川を表す3本線が入っているのだが、本店で食べる赤福だけは機械でなく女性の指で線が入れられると聞いたからだ。駅で販売される土産物とは一線を画す、本来の製造法というわけである。

運転手によれば、製造日偽装を大反省した赤福は現在、時計が深夜12時をまわったのを確認してから一斉に製造を始める態勢を取っているとか。防腐剤などは使わないため消費期限はわずか3日。時間との過酷な戦いを繰り広げている。生産力が落ちたため、販売店数もかなり絞り込んでいるという。午後11時半に作り始めるのと12時スタートで何が違うのかと思うが、それだけ神経質になっているということだろう。

製造日偽装はたしかに良くない。でも、ぼくはこの一件、もともとは商売人としての、〝もったいない精神〟に端を発していると思う。せっかく作った菓子を誰が捨てたいと思うものか。当然、安全性をキープできる範囲で再利用を考える。それが度を超し、製造過多が日常化したためにおかしくなったのだと思う。

味は舌で感じるもののはず。それを消費期限なんてあやふやな数字の奴隷になったかのごとく期限切れ即廃棄処分だもんな。狂ってるよ、ニッポン人は。ぶつぶつ喋っているとY嬢が叫んだ。

「あ、誰かいます。お客さんでしょうか」

見ると、店の脇でコートの襟を立て小刻みにカラダを動かしつつ寒さに耐えている男がいる。く、先を越されてしまったか。

だが、天は我に味方した。男の目的は実家への土産だったのだ。開店と同時に店内に突入し、我々はめでたく赤福食い一番乗りを達成。一人前が3個というボリュームも適度だし、餡はさすがの滑らかさ。大きな茶釜で沸かした湯で入れられるお茶がまたうまい。老舗復活を舌で確認できた。

「終わったな……帰るか」

「まだ夜もあけてませんよ！　この際、赤福の改善が本物かどうか、売店めぐりして見極めてみましょう」

このままだと赤福詣でになってしまうので、神宮でお参りを済ませてから最寄りの近鉄駅へ。赤福の販売状況を調べる電車の旅がスタートした。主要駅の売店で、売れ残りの製造日などを調べようという作戦だ。

最初のチェックポイントは松阪駅。と、ここで異様な光景に出くわした。届くのを待っていた客たちが赤福に群がっているのである。誰かに頼まれたのだろう、2箱、3箱と買い求める人も多い。

赤福が見当たらなかった四日市駅では、店員に尋ねてみると9時からひとり3箱限定で販売とのこと。工場で生産したものを箱詰めし、トラックで運ぶと考えれば、本店との時間差にも納得できる。売れ残りどころじゃない。赤福はもはや超売れ筋レア商品なのだ。

9時、店員が声を張り上げる。

「ただいまより発売開始です、お待たせしました！」

声をかき消す勢いで、ビジネスマンが、主婦が、レジに突進していく。段ボールから取り出し、直接客の手へ。席を暖めるヒマもないとはこのことだ。強い、赤福強い。

驚いたのは名古屋駅だ。駅構内の土産物屋に長蛇の列ができていたのである。販売は

10時からで1カ所2千箱限定となっている。こうなるともうお化け商品だ。話題性があるという〝旬の土産〟だけでは説明のつかないものを感じてしまう。長年その味に親しんできた客たちが、復活を心待ちにしていた。そんな気配。

その日に作った商品をその日に売り切る。生菓子の原点に立ち戻った赤福を支えるのは、名もなき地元のファンであり、家族や同僚への出張土産を求めるビジネスマンなのだ。決め手は味だろう。あれほど評判を落としても客が離れないのは、うまいからだ。代用品がないからだ。

「あの、私、並んでもいいですか」

販売開始を待つ静かな熱気に誘われたのか、Y嬢は行列に参加。すでに本店で5箱も買ったというのに、これ以上誰に配るのか。

スタッフを増員し、案内係を配置するなど、決戦に向けて着々と準備をしていた売り場の緊張感がマックスに達したところでゴングが鳴った。待ちかねた客がつぎつぎに限度一杯の5箱を購入し、高く積まれた山がおもしろいように減っていく。

すごい光景だ。行列も短くなるどころかさらに長さを増しているではないか。平均3箱として700人弱で2千に届く計算。この勢いなら昼には品切れだな。生産後半日で完売し、その日のうちに誰かの胃袋を満たす。理想的だ。この調子で欲張らず、少し足りないくらいの生産を続けていけば、赤福の未来は明るい。

「お待たせしましたぁ」

両手にどっさり土産を下げたY嬢が戻ってきた。振り袖みたいだ。

まあ、ある意味、晴れ姿と言えなくもないが。

ランボーと交通事故

ハリウッドでは、アクションスターたちが老骨に鞭打ってがんばっている。『ロッキー』のシルベスター・スタローン、『ダイ・ハード』のブルース・ウィリス、『インディ・ジョーンズ』のハリソン・フォードなどだ。それぞれ熱狂的なファンを持つシリーズだけに、ないと思われていた続編の登場は、映画ファンを、劇場に呼び寄せるパワーを持つようだ。

しかし、これはどうか。

『ランボー　最後の戦場』である。

『ロッキー』同様、スタローンの当たり役だが、20年ぶりの復活と言われてもなあ。いま『ランボー』を観たい人がどれだけいるのか、ぼくには見当がつかない。

役どころもキツい。老いをテーマのひとつに据えることができた『ロッキー』と違って、不死身のワンマン・アーミーだもんな。舞台は戦場限定、ごまかしはきかない。還暦を越したスタローンで大丈夫か。悲壮感、漂わないか。

いやいやヤツは特別な男。年齢を超越した肉体の切れを見せつけてくれるかもしれない。ファンは映画そのものより、スタローンの勇姿を見にくるのかも。現役感あふれる肉体そのものがカタルシスにつながるとしたら恐ろしい男だ、スタローン……。考えているうちに観たくなってしまったので、公開2日目の朝イチで新宿へ行ってみた。

あいにく雨足が強かったため、妻に駅まで送ってもらって電車に乗った。と、5分後にマナーモードが電話を知らせる。妻からだ。おかしい。電車内にいるとわかっているのだから、用事があればメールが送られてくるはず。何か嫌な予感がしたが、メッセージもなく電話は切れた。

新宿駅で電話してみても妻は出ない。念のため「どうした？」とメールしてから映画館へ。上映時刻には間があるが、せっかくだから早めにいって、どんな客が『ランボー』に駆けつけるのか入り口で観察したいと考えたのだ。

うっ、行列ができとる。

チケット売り場から建物に沿って50人ほど並んでいるのだ。しかし、ここには窓口が複数あり、ヒット作の『相棒』などもやっている。どう並べばいいのか、先頭のオヤジに聞いてみた。

「みな一緒くただよ。オレは『ランボー』だけどね」

うしろのオヤジも頷く。

「私もそうですよ」

このふたり、30分も前に到着したというだけに、気合いがみなぎっている。そうか、やっぱり熱心なファンはいるんだなあ。

改めて列を眺めると、圧倒的に男性客が多い。しかも、ひとり客が大半である。『ランボー』だろう。『相棒』でこれはあり得ん。

「『ランボー』ですか。ですよね。う〜ん、ぼくも早めにきてたんだけど、ドリンク飲んでて10分くらいあけたらもうこれですよ」

最後列に並んだぼくに、前にいる野球帽男が話しかけてきた。30代後半くらいか。アクション映画ファンなのだそうだ。中でもスタローンは別格だという。

「シュワちゃんとかもいいんですけど、スタローンは役と本人がオーバーラップするでしょ。そこが他のスターと違うんだよね」

野球帽男の話に相づちを打つうちに列が動き始めた。自分のを買ってから、しばらく模様を眺める。苦み走った男がグッと窓口に顔を近づけ、2千円を出す。

「ランボー。一人」

差し出される券と釣り銭を無造作にポケットにねじ込むと、肩をすぼめて劇場内へ。いいシーンだ。始まる前からかなり気分出してる。

と、ここで妻からメール。文面を読む。

〈事故った。警察とマンションの理事に話して、いま保険会社のレッカー待ち〉

げ。嫌な予感的中だ。

どうやら人身事故ではないようなのが救いだが、マンションの塀にでも激突したのだろうか。すぐ電話したが、警察の事情聴取中らしく断片的な会話しかできない。マンションの角にあるオブジェ倒壊、責任は百%当方、クルマは前方左側大破、子供を含めケガはなし、などである。イライラするが、ぼくが戻ってどうなるものでもなさそうだ。しかしオブジェ倒壊ってどんな運転してるんだか……。

困ったもんだ。代車は借りられるのか、ダメな場合に幼稚園の送り迎えをどうするか、考え込んでいるうちに上映開始。

舞台となるミャンマーの、僧侶によるデモのニュース画像から入り、すぐに反抗勢力をなぶり殺しにする映像へ。のっけからキツいシーンの連続だ。スタローンはこのシリーズのお約束である無表情をかたくなに守りつつ、要所ではエッジの効いた動きも披露。全編雨と汗にまみれ、暑苦しさも半端じゃない。

物語そのものは正直、感心できる出来映えとは思えなかった。映画のために川をせき止めてダムを作り、本物そっくりの村まで作り、5台のカメラを廻してリアリティを徹底追求。しかし一方で、なぜランボーが危険きわまりない場所にわざわざ行くのかなど、根本的な疑問が続出する大味すぎる展開なのだ。60年も内戦が続くミャンマーに対する怒りや悲しみも特に伝わってはこない。

だから、この作品を典型的なB級アクション映画と片付けてしまうのは簡単だろう。でも、その前に立ちはだかるスタローンの異様ながんばりだけは、ものすごい風圧でスクリーンのこちら側に吹き付けてくる。何か強いメッセージを発し続けているのは確かだ。問題はそれが何なのかさっぱりわからないことである。

前半は事故のことをあれこれ考えていたぼくだったが、やがてそんなことは忘れてしまった。肉体という、アクションスターの命とも言える武器を、還暦を越えてなお堂々とさらすことのできるスタローンに圧倒されたのだ。それに比べたらストーリーの破たんなんて小さい小さい。

殺戮の果てにあっけなく終わる『ランボー』には、胸のすくようなラストシーンはない。肩を怒らせて映画館を出ていくオヤジもいない。だが、影響は確実に受けていると思われる。

家に帰ったぼくがいい例だ。サスペンションが曲がってしまい、クルマが廃車になるかもと聞かされたとき、ここで動じては夫として父として失格だと強く思ったぼくは、無表情のまま口走っていた。

「命が助かって何よりだ」

迷惑魚・ブルーギルを食べに

ゲームフィッシングって何なのか。長らく心に引っかかっていた疑問である。その言葉に幅広い意味があるのだとしたら、釣った魚をリリースすることの不可解さについてと言い直そう。

魚との頭脳戦、釣り上げるまでの格闘を楽しみましょうってことか。キャッチ&リリース精神で、魚は持ち帰らず水の中に戻してやれば、めでたしめでたし、という話か。それだけ聞けばさわやかな遊びのようにも聞こえてくるわけだが、鋭い針で傷つけておいてそれはないと思う。水の中を引きずり回される魚の気持ちはどう考えるんだ。

魚を釣る以上、責任持って食えと言いたい。好きにいたぶっておいて「元気で長生きしろ」と言われても、実際弱ってるはずだし、魚。

そんなふうに苦々しい気持ちを抱いてたぼくに、痛快な情報が入ってきた。キャッチ

&リリースを許さない魚の存在だ。その名はブルーギル。アメリカ出身のこの魚、特定外来生物に指定され、飼ったり放したりしてはならない魚なのである。繁殖力が強く小魚を食い荒らして生態系を乱すし、鋭利な背びれで怪我もするしで、琵琶湖などでは漁師も手を焼く嫌われ者らしい。

そうなった経緯も哀しい。日本に持ち込んだのが、当時皇太子だった今上天皇なのである。1960年、日米修好100年を記念してのことだ。食用魚として期待され、養殖もされたのだが日本人の口に合わなかったのかうまくいかず、そのうちに各地の湖や川で大繁殖。いまじゃすっかり迷惑魚扱い。2007年に開催された全国豊かな海づくり大会では、今上天皇みずから、「このような結果になったことに心を痛めています」と遺憾の意を表されている。

でも、もともと食用魚として輸入されたのなら、食べられないはずがない。キャッチ&リリースが許されないなら、キャッチ&イートしかないではないか。どんな味なんだろう。一般家庭向きではないのだろうが、アメリカでは普通に食べられているのだろうから、そうバカにした味でもないのでは。

調べてみると、東京で1軒だけ、ブルーギルをフライにしてバーガーの具にしている店が秋葉原にあった。さっそく行ってみると、これ以上ないほど身が薄いものの、淡白な白身でけっこうイケる。また、ネットでは、四万十川のブルーギルを焼いて食べた釣り人のリポートを発見。この人は、十分うまかったと高い評価を下し、骨まで酒に浸して味わっている。いいねえ、これぞ釣り師の鑑だ。

ぼくも焼きたてのブルーギルを食べてみたいと思った。ネット情報には引っかからなかったが、被害に悩む琵琶湖あたりなら、それを逆手に取って名物料理にしている店があるのではないだろうか。なかったとしても、そこは図々しく料理屋に持ち込んで頼んでみる手もある。そこまでしなくても、釣り人が焼いて食べているかもしれない……。

午前9時半、大津で下車し、湖畔にある釣具屋に入った。

「おはようございます。ブルーギルを釣りにきました！」

気合いをこめて挨拶してみたが、店のおばちゃんの反応は鈍い。

「ブルーギルやったらなんぼでも釣れますわ。どこからきたん？」

「東京です」

「はぁ……ご苦労なことで」

何か嫌な予感がしたが、ともかく竿とエサを購入。ブルーギル料理を食べられる店はないかと尋ねると、予想外の答えが返ってきた。

「聞きませんねえ。ブルーギルは臭いから、釣りの人もたいがい捨てて帰らはるんですわ。専用のゴミ箱がありますから、そこに入れるようにしてくださいね」

捨てる？　せっかく釣った魚をゴミ箱にポイ捨てかい。耳を疑ったが事実だった。あちこちに専用の捨て場所があるのだ。おいおい、これじゃキャッチ&リリース以下だよ。

湖岸にはポツポツ釣り人の姿が。どうやらブルーギルを釣っているようなので、近くに釣り糸を投げ込んでみた。と、1分もしないうちに反応あり。おぉ、あっさり釣れてしまった。背びれが尖って凶暴な感じがするけど、見た目うまそうな魚である。

「ここらあたりは、小さいけどよぅ釣れるで」

隣に陣取る初老のおっちゃんが話しかけてくる。この人、京都から週に何度かやってくるらしい。

ただ、素人が言うのもナンだが、釣りとしての面白味にはやや欠けると思う。努力しなくてもつぎつぎにエサに食いついてくるからだ。釣りの醍醐味とも言える、水面下での知恵比べなんてまったくない。最初は喜んでいたぼくも、1時間後には飽きてきてしまった。

「釣った魚、捨てるんですか」

おっちゃんに話しかけるとそうだと言う。始めのうちは食べようとしたこともあったらしいが、臭みが鼻をついてマズかった。以後はいっさい食べていないそうだ。

「この魚だけはどうにもならん。兄さんも帰るときはちゃんと捨てなあかんで。あれ、エサつけとるんか。いらんいらん、ブルーギルはかまぼこ刻んだので釣るもんや。どうせ捨てるのに、もったいないやないか」

わけがわからなくなってきた。

食べられず、釣り好きがやってもおもしろくないだろうブルーギル釣りを、おっちゃんはなぜ、わざわざやりにくるのか。

「ひとつにはよく釣れる。もうひとつは、稚魚を食うから琵琶湖の連中が困っとる。いくらか釣っても変わりゃせんけど、少しは役立ちたい気もするのよ。年寄りは、仕事も引退してブラブラしとるだけやからな」

驚いた。おっちゃんにとってブルーギルを釣っては捨てる行為は、ボランティア活動の一種だったのである。そうか、いまひとつ納得できない感じはするけど、そういう考え方もあるんだなあ。感心していると、おっちゃんはニヤリと笑って付け加えた。

「もうじき、滋賀県がキロなんぼかでブルーギルを買い取るようになるんや。本気で減らそう思うとるんやな。そうなったら交通費くらいは出るんとちゃうか、ははは」

30分後、ぼくは竿をしまい、コンロ持参でこなかったことを後悔しつつ魚を捨てた。

殺生してしまったなあ。気持ちは苦く、まだまだおっちゃんの域にはほど遠い。

それから大津の町をさまよったが、結局ブルーギルを食べさせる店を見つけることはできなかった。

老眼鏡デビュー顛末記

昔から鈍足である。ほぼカナヅチである。箸の持ち方がぎこちない。手先は不器用で気も小さい。成績は中の中で特徴に欠ける。自慢できることといったら視力がいいことくらいのものだった。１・５、ときには２・０まで見えたのだ。年齢を重ねても、免許の書き換え時に行われる検査では１・２を死守。メガネ屋にはとんと縁のない人生だった。

だが、とうとうくるべきときがきた。老眼がぼくを攻めてきたのだ。

おかしいなと思ったのは1年ほど前。やけに新聞が読みづらいなと目をこすっているとき、もしかしたら、と疑ったのが始まりだ。

もちろんすぐに否定した。オレは目のいい男。まだ老眼には早い。疲れだ、そうに決まっている。不安をねじ伏せるように強気に考えた。

事実、数日後には文字のにじみも消えたような気がした。

くはは。我が視力、健在なり！

無意識にがんばって焦点距離を合わせた結果だとは夢にも思わない。それからも以前と同じように、パソコンのモニターをにらみつけながら原稿を書き、寝転がって本を読む。肩や首のコリが激しくなったのも、職業病だと決めつける。

しかし、やせ我慢が通用したのはしばらくの間だった。いくらストレッチしても、常に首の後ろに張りが残るようになってきたのだ。目が疲れてすぐ眠くなるし、肩こりもいよいよひどいことになっている。

限界だったのだろう。ある日ついに、電車に乗ってそこそこ荷物が入ったショルダーバッグを肩に引っ掛けた瞬間、電流が走ったように痛みが駆け抜け、全身の力が抜けてしまったのだ。立っているのがやっとの状態。おかしい。明らかに、ぼくのカラダに異変が起きている。

その原因を翌日になって悟ることになった。文庫本の文字がぼやけているのだ。我慢して読んでいると、頭痛までしてくるではないか。

自慢の視力、衰えたり！

もはや認めるしかない。ぼくは老眼になったのだ。

でも、ここで往生際の悪さを発揮してしまうのが元・視力自慢の浅はかさ。現状を打破すべく、ぼくが向かったのは安売りホームセンターであった。こそこそ売り場を探しまわり、老眼鏡を見つけると人目を気にしながら試着（?）。程度に応じて3段階のレンズがあることを知ると、もっとも軽いタイプをそそくさと購入した。２０００円は安すぎと思わないでもなかったが、要は見えればいいのだと軽く考えていたフシがある。当面の危機を脱し、仕事に支障は来さなくなったものの、コリや頭痛は治まらない。そして、我が目はますます悪化の一途をたどっていく。

その晩はひとりで宿に入り、締め切りをすぎた原稿を片付けるべく、老眼鏡をかけてパソコンに向かっていた。しかし、どうも調子が上がらない。ちゃんと見えているといえばそうなのだが、ときどき霞んだりするのだ。それを調整するために無理がかかり、眉間や眉のあたりの筋肉がこわばりまくっているのが自分でもわかる。

まずい。リフレッシュだ。目の疲労には、ときどき遠くを見やるのがいいと聞く。窓を開け放ち、星空でも眺めてみるか。よし、30分仕事したら5分休憩のローテーションで行ってみよう。

……何の効果もない。外を見ているときは回復したように思えても、仕事を再開するとたちまち頭がズキズキしだすのだ。苦闘3時間、文字ボケ・頭痛・眠気の三重苦をなんとか乗り越えて書き終えたぼくは、崩れるように布団に倒れこんだ。

朝、目覚めると軽い吐き気がした。それでも新聞くらい読もうと思い、メガネをつかむ。あれ、なんだかバランスが悪いぞ。

愕然とした。左目のレンズがないではないか。ぼくは昨夜、片目の老眼鏡で原稿を書いていただけじゃなく、最後までそのことに気がつかなかったのだ。休憩中は外したのだが、ツルをつかんでグイと上に持ち上げるだけだったので、レンズをまったく見なかったのである。

「というわけで、まともな老眼鏡を作ってもらいにきました」

メガネ屋のおやじに経緯を話すと、プロとして恥ずかしくないものを作ってみせると頼もしい返事。よし、アンタを信じよう。

「では検眼しましょうか。遠視などもあるかもしれませんよ」

あ、それは平気。ガキのときから視力だけはいいんです。老眼はね、そりゃ仕方ない。いつかくる。だけどそれ以外はまだピンピンで……。

「遠視、ありますね」

え？

「乱視もきてますよ」

　ホントに？

「裸眼でいたとすると、かなり首が凝るでしょう。老眼鏡も、そのクラスだとほとんど拡大鏡にすぎず、見えてはいてもピントは微妙に狂っていますからね。疲れるのが当然だし、使えば使うほど目が悪くなる」

　おやじの提案は、遠・乱・老のすべてに対応するレンズを使うことだった。裸眼生活をやめ、メガネ男になれという話である。

　そう言われてもなあ。メガネをかけた生活など想像もできん。若作りなフレームを選んだってしょせんごまかしだし、常時老眼鏡をかけることにはまだいささか抵抗が。ここはひとつ、仕事と読書時だけ使う老眼鏡ってことで。

「老眼鏡ではなく、遠・乱・老を組み合わせたレンズなんですがね……。わかりました。モニターからの距離はどれくらいですか」

　老眼用レンズはピンポイントで焦点距離を合わせるため、一定の距離を保てれば凄くクリアに見える。老眼鏡と呼ぶからジジむさいのであって、活字読み専用レンズと考えると、なにやらスペシャルな道具に思えてきた。使用中とそれ以外ではメリハリもあるし、いまのところはそれで凌いでいこう。

数日後に出来上がった活字読み専用レンズは素晴らしかった。活字まで30〜40センチでドンピシャ。これで読書とパソコン対策は万全である。

が、ぼくは自分の読書スタイルについて深く考えるべきだった。おもに電車内で本を読むため、いちいちメガネをかけたりしまったりしなければならないのである。老眼鏡丸わかり。我ながらジジむささ満点だ。

遠・乱・老メガネにしとけば良かったか。いや、いまからでも……。メガネ屋の前を通るたび、ぼくの心は揺れている。

買取が苦手な古本屋

マンションのドアを開けて出てきたのは、メガネをかけたおとなしそうな男だった。さっぱり整えられた髪と、派手な幾何学模様のシャツ、赤いラインが入った短パン姿。若づくりだが、白髪やシワの感じから同世代だと思われる。

これはイケルかも。弾む気持ちを抑えつつ靴を脱いでいると、後ろから声がかかった。

「わざわざすみません。たいした本じゃないんですけどね」

これも好感触だ。いい本を持っている人にかぎって腰が低いものなのである。現に、廊下まで埋め尽くしている本棚には岩波、中公、ちくまの文庫がずらり。奥の部屋には何が潜んでいるかと、大きな期待を抱かせる出迎えだった。

ぼくは、ライター業の他に古本屋を営んでいて、今日はネットから申し込みがあった〝客買い〟にきているのだ。本好きの家を訪れて話をするのは文句なく楽しいし、いい買取なくしていい棚はできず、と思っているから、近郊であればできるだけ足を運ぶようにしている。買取が縁で仲良くなった方もいて、ぼくにとっては古本を介した出会いの場といったところ。仕入れができて、知人も増える。一石二鳥なのである。

だが、ひとつだけやっかいなことがある。買取である以上、出された本に値段を付けなければならないということだ。年期の入ったプロならわけもなくできるのだろうが、趣味の延長で古本屋になってしまったぼくにとっては、毎回冷や汗の連続。いくら経験を積んでも、慣れるということがない。ましてぼくの守備範囲は、だいたいの相場ができている小説類ではなく、70年代からこっちのノンフィクションや企画本。まだまだ知らない本が多数ある。そういうものをドサッと目の前に積まれ、短時間のうちに買値を口にしなければならないのだ。

これは悩む。顔にこそださないが、内面は揺れまくり。ぼくは気弱な古本屋なのである。いい本ならなおさらで、客は固唾を呑んでそばに待機。たかが本だが、そこには思い入れも詰まっている。相手にとってみれば、自分を売りにだしたような気分なのだ。そのプレッシャーに負け、自分でも驚く値段をつけてしまうことも珍しくない。

3万円で買えれば上等、最高でも5万だなと値踏みをしたはずなのに、「9万円でどうですか」などと言ってしまうのだ。考えているうちに、古本屋に並んでいたら、いくらなら買うかという、客の発想に変わってしまっている。

「せいぜい3万だと思ってましたが、そうですか9万も」

「え、いや、ははは（涙）」

　こっちも商売なのだから、できれば安く買いたいのが本音。しかし、足元を見るような値段は失礼。それなら売らないと言われちゃ意味がないのだ。

　いいムードで話ができているし、お互いに納得できる落としどころはいくらだろうか。腕組みしたまま硬直すること30分、失語症のようになったぼくを見かねた客が逆に気を使い、家族に混じって夕食までごちそうになったことさえあった。結論は食事の後で、ってどんな古本屋だよ！　追いつめられたぼくがどんな値段を口にしたか……ここでは言いたくない。

　しかし、いつまでもそんなことはしていられない。今日こそはシビアに査定するぞ。

　見せられた本は段ボール4箱分、ざっと150冊だった。たぶん相手にとっては蔵書が多すぎるための処分であり、大半は平凡だが、ベストセラー小説や実用書でないのが救い。田中小実昌本の背表紙が見えたりもしている。しかも、こんなことまで言ってくれた。

「新古書店にきてもらったらケンもホロロで値段さえつかない。かといって捨てるのも嫌なので、北尾さんに連絡したんですよ」

いくらでもいいと言われているようなもんか。理想的な展開である。

4箱のうち売りに出せるのが2箱、1冊平均の売値が数百円だとしても、さほど時間を置かず半分くらいは売れるのではないか。買取は希少本であるに越したことはないが、利幅が小さくてもよく動き、棚の回転を早くする本だって古本屋にとってありがたい存在なのだ。

1万円が適正だと思った。2万円だとせいぜいトントンになってしまうな。ぼくにしてはすんなりと考えがまとまった。

ところが、値段を伝えようとしたそのとき、コーヒーを持ってきてくれた相手が身の上話を始めたのだ。

「見ての通りの本だらけでね。妻がいたときはまだ整理されてたんだけど、病気で亡くしまして。癌でした。さっきお見せしたのは妻の本です。本棚に置いてると、どうしても目に入ってしまうんですよ。いつまでもクヨクヨしてても仕方がないんで処分しようかと。けっこう読書家でね。趣味も悪くないでしょ、北尾さん」

「は、はあ」

「これ、生前の妻です。死んだのは4年前。42歳でした」

いきなり差し出される写真。いつの間にアルバム手にしてたんだ！

「それを、古いから値がつきません、タダでも引き取りできませんですからね。新古書店には腹が立ちます」

そういうことではないだろうと思ったが黙っていた。この男がぼくに何を期待しているのかがわからなくなってきたからだ。

「いやいや、私だって本のことはわかります。高く買えなんていうつもりはないですよ」

そう言いつつ、目に鈍い光を宿らせないでくれないか。

ぼくが何も言わないので、男は妻の話をしてもOKと思ったらしい。喋る喋る。出会いから涙の別れまで、たっぷり1時間。困った。1万円とは言いにくくなってしまった。話を聞き流しながら段ボールを再度点検するが、田中小実昌以外にめぼしいものは見当たらない。

「お引き止めしちゃってすみません。北尾さん聴き上手だから止まらなくなってしまいました。妻のことを見ず知らずの方にこんなに話したのは私、初めてです。でもねぇ、本を見ていると、いまでも思い出すんですよ（さらに20分延長）」

もう買値のことは考えまいと思った。

香典だ、これは香典なのだ。この男が身を切る思いで妻の本を手放すなら、ぼくも応えなければなるまい。そんな義理はこれっぽっちもないが。

「2万…5千円で買わせて下さい」

ああ、またしても古本屋失格だ。

ケータイのない一日

携帯電話を忘れたことに気がついたのは、家から数分歩いた地点だった。よかったぁ。ここからなら引き返しても距離は知れているし、仕事の打合せには間がある。安堵のため息をついたところで、ちょっと待てよという気持ちがわいてきた。

おいおい、財布ならいざ知らず、たかがケータイを忘れただけなのに、なぜこんなに動揺しなくちゃならんのだ。ぼくは、いつからケータイなしではいられない男になったんだろう。

忘れたものは仕方がないと、あえてケータイなしで一日を過ごす選択肢はないのか。あるよな。これまで、仕事場に着くまで忘れたことに気づかなかったことも何度かあったが、とくに問題が発生したことはない。ならば、たまにはケータイに依存しない一日があってもいいではないか。いや、むしろ積極的に距離を取ってみたらどうだ。何か見えてくるものがあるかもしれない。

物心ついたときから馴染んできた若い世代ならいざ知らず、ぼくがこの便利な道具を持つようになったのはここ10年ほどだ。最初のうちはむしろ、プライベートな時間にまで荒々しく踏み込んでくる〝図々しさ〟がイヤでたまらなかった。ところがそのうち、便利さに負けて愛用するように。いまでは、いつもケータイと一緒にいないと不安な男になってしまった。かつてみっともないと思っていた、町中を歩きながら会話するような行為も平気でやるようになっている。

家に戻るのをやめて駅へと向かいながら、その理由を考えた。

世間じゃとっくにケータイの主流はメールとインターネットになっているらしいのに、ぼくはもっぱら電話専門だ。面倒な操作をしたくないというのもあるけれど、心のどこかに、外で電話している自分をカッコいいと思う気持ちが潜んでいるのかも。そうだ、そうに違いない。

学生時代、電話はシャワーと並んで、憧れの品だったもんなあ。

最初に入った学生寮は、呼び出し電話だった。友人からかかってくると「北尾さん電話で〜す」とアナウンスされ、1階まで駆け下りていくのである。その後、一人暮らしを始めると呼び出しさえなくなり、同じく電話のない友人に用があるときには相手のアパートまで出向くのが普通だった。不在のときは喫茶店で2時間待つようなことを、平気でやっていたものだ。

ヒマだなあ。だから、高い権利金を払って自分用の回線を引いたときは、本当に嬉しかった。懐かしの黒電話である。

卒業する頃にはプッシュフォンに変えていた。いちいちダイヤルをまわすのがうっとうしかったのだ。と、今度は自由な動きを阻むコードがジャマになり、20代後半になるとコードレスフォンを使うようになる。この電話機は10メートルくらい離れても通じたので、意味もなく外に出て通話したりしていた。そして、近い将来実現するであろう、持ち歩き自由な電話機を楽しみにしていたのだ。歩きながら用が足せる電話機があれば最高じゃないか、と。

そんなことを思い出しながら駅前で食事をし、電車に乗って新宿まで行ったところで愕然とした。待ち合わせの場所を、東口あたりでとしか決めていなかったのである。以前なら必ず、落ち合う場所を指定したものだが、ケータイの登場以降、待ち合わせ事情は一変。おおざっぱな場所だけ決めて、あとは現地で連絡を取り合うのが普通になっている。

落ち着け、アルタの前、いまや死語だ。相手の電話番号は手帳に控えたはずだ。公衆電話から居場所を伝えればいい。が、ない。かつてあれほどあった公衆電話がなかなか見あたらないのだ。そうか、それほどまでにケータイは普及しているわけか。

なんとか連絡がつき、喫茶店で会うことになったが、打合せを終えると、また落ち着かない気分になってくる。連絡がつかないうちに、何かとんでもないことが発生しているのでは。ちょっと自宅に電話してみようと、また公衆電話へ走った。

5分後、ぼくは受話器を握ったまま途方に暮れていた。自宅の電話番号が思い出せないのである。妻のケータイにいたっては憶える努力をしたことさえないから考えるだけ無駄だ。もしやと思い、手帳についている住所録を見てみたが、案の定真っ白。昔はこれを頼りに、電話ボックスに駆け込んだものだがなあ。

唯一、番号を記憶している仕事場にかけると、留守電が入っている様子。しかし、なんという情けなさ。今度はメッセージを聞くための暗証番号を失念している。ぼくはすでに、留守電メッセージを外から聞く習慣さえなくしていたのだ。

踏ん張りどころだと思った。

ここで慌ててしまっては、わざわざケータイを忘れてきた甲斐がない。そもそも、一刻を争うような電話など年に一度あるかないか。急ぎの用件と言ったって、せいぜい原稿の催促や予定の変更くらいのものなのだ。

どんと構えろ。長時間、仕事に没頭していてケータイの電源を切っていると思えばい
い。あるいはものすごく長い地下トンネルを通過中とか……細々と考えすぎだよ！
そんな具合に気もそぞろだったぼくだが、しばらくすると禁断症状が治まるように不安感が消えてきた。ケータイがないってことは、電話の多くを占めるしょうもない用件から解放されることでもある。しょうもない用件であっても、受けてしまえば対応せざるを得ず、その結果、しょうもない時間ばかり増えがちなのだ。今日はそれがない分、目の前のことに集中できる。たとえそれが古本屋の均一棚から１００円の本を選ぶことであっても――。

仕事場に戻って留守電を聞く。

「えー、えー、ガチャ」

間違い電話だったようだ。メールをチェックしてみるも、急ぎの用件などはない。そうか、やはりそんなものなのだ。

帰宅すると、妻が言った。

「ケータイ、何度も鳴ってたわよ」

メッセージが1本、メールが3本入っていた。いずれも大した用件じゃなかった。着信件数は10だったから、9本はさらにしょうもない用件だった可能性が高い。

「誰からかかってきたかくらいは見てあげられるんだから、忘れたときは私に電話すればいいんだよ」

「ああ、今度からそうする」

番号が思い出せなかったとは言えず、手帳片手に自室にこもり、手帳を広げた。なくてはならぬ相手だけ書き留めたら、ケータイに登録してる番号の五分の一にも満たなかった。

マラソンは、沿道の声援で120%の力が出るのか

　マラソンの勝利者インタビューでは、「沿道の皆さんの温かい声援のおかげです」と感謝の言葉を述べることが恒例となっているが、あれはどうも嘘っぽい。自分の力だ、速いから勝ったのだと誇ればいいではないか。マラソン経験者の友人に言うとあっさり否定された。
「あれは本心だと思うよ。とくに後半の苦しいところでは『がんばれ』の一言がものすごく励みになる。もうダメだとあきらめかけていた心とカラダが、声援で蘇るんだよ。自分でも信じられないような力が出る」
　そんなことがあるのか。おおげさに言ってるだけなのでは。
「そう思うか。ま、あの感じは言葉でいくら説明しても、走ったことのないヤツにはわからんことだよ」

「走ればわかるんだな。よーし、やってやるよ、マラソン」

「お、いいね。オレ、年末に沖縄のＮＡＨＡマラソンに出るつもりだから一緒に出るか。沖縄の声援は熱いぞ」

まだ寒かった頃の話である。ひとしきりマラソンの話で盛り上がったが、正直、酒の席にありがちなその場限りの話題で終わるものだと思っていた。だが、全然そうではなかった。友人は、走ることはもちろん、ロクにスポーツ経験もないぼくのために本番１００日前からの初心者用練習メニューを作成。夏には道具を持たないぼくをランニングショップに引っ張って行き、シューズやウェアを買えという。さらに、話を聞きつけた他の友人や本連載担当編集者までがおもしろがって参加を表明。いまさら、やっぱりやめとくとは言い出せないところへ追いつめられてしまった。

やるしかないのか。ぼくは沿道の声援パワーを確かめたいだけで、マラソンに挑戦したいって気持ちはこれっぽっちもないのだけれど……。

９月１日、練習初日のメニューはウォーキングと５分走を組み合わせたもの。どうってことないと思ったら、これがキツい。走り始めるとすぐに呼吸が乱れ、脚が重くなってきて、とてもじゃないけど５分も走り続けられず、自分が最低レベルにいることを実感させられた。いかん。こんなことでは声援で力を出すどころかすぐにリタイアだ。

練習はほぼ1日おきに、少しずつカラダを馴らしながら距離や時間を伸ばす仕組み。仕事もあるので忠実にこなすのはムズカシイが、やっているうちに耐久力がついていくのがわかる。

初日の苦痛は1週間目でなくなり、10分走、15分走もできるようになると、走るツラさが減ってきた。楽しくはないが、終わったあとの達成感が気持ちいい。起き抜けに走るので必然的に早起きになり、生活のリズムまで変わってくる。

コースはおもに公園のまわり。ここは走っている老若男女が大勢いる。ランニング人口が増えているとは聞いていたが、これほどとは思わなかった。しかも、みんな速い。ドタドタと走るぼくを、明らかに年長のおやじが軽々と抜いていく。これがまた、ふくらはぎの上に筋肉がつき、太ももの裏側がキュッと割れていたりして、いい脚をしてるんだなあ。あんな脚の持ち主になれたら、声援の価値も体感できるだろう。とてもかなわないが、あの域に近づきたいものだ。

だが、ここからが悪いクセ。少し走れるようになると油断が出て、練習をサボりがちになってしまう。

走り出しの1、2キロは何度やっても苦しいもので、そこを抜けると少しラクになってくるのだが、こらえきれずに歩いてしまうのだ。明日からはちゃんと走ろう、今度の週末は長めの距離をやってみようと思いつつ、そのときがくると先送り。なかなか走ることに楽しさを見いだせないまま、残り1カ月を迎えてしまった。

11月8日には〝脚試し〟を兼ねて駅伝に参加。3キロを18分のタイムで走り次走者にタスキを渡した。100人くらいに抜かれたが、現時点での精一杯である。大会の雰囲気を知ることができたのも収穫だった。

とはいえ、42・195キロを完走できる自信はどこにもない。3キロでへとへとなのだ。その14倍がどれほどの長丁場か、想像するだけで恐ろしくなってくる。フルマラソンに挑むことが、初めてリアルに感じられた……って、遅いよ！

あせりが生まれた。練習メニューをこなしていないため、一足飛びに10キロ走に挑んでみたり、1キロずつペースを変えながら走ってみたり、自己流の練習になってしまう。

とまあ、反省すべき点は多々あるけれど、好タイムで走ろうというわけじゃないし、いまさら急に脚が速くなるわけもなし。できる範囲でがんばればいいじゃないかと自己暗示をかけながら、最後の調整に精を出していると、大会事務局からゼッケン番号の通知が届いた。1万6千番台である。全部で3万人ほどエントリーしたというから東京マラソン並みだ。友人によれば、半分程度は沖縄以外からの出走者らしい。ということは、沖縄県民が約半分いるのか。

「県民の1%以上が出走するっていうだけで、いかにマラソン好きかわかるでしょ。後半は沿道を人が埋め尽くすよ。オレは那覇が初マラソンだったんだけど、35キロで根が生えたように止まった脚が『ちばれよ〜』の大声援で再び動き出し、ゴールにたどりつけた。北尾にもぜひ、あの気分を味わって欲しい」

友人が、弱気のカタマリになっているぼくを見透かすように電話をかけてきた。残り1週間。ここまできたら練習より体調維持が重要だ。娘がノロウイルスにやられたが、ぼくは別室で就寝。即病院へ連れて行って悪化を防ぎ、4日前からは炭水化物中心の食事に切り替えた。練習量が足りない、バテたらどうしようなどの後ろ向きな考えは封印。根拠はなくても、自分は必ず完走できる、沿道の声援で力が出るかどうか確かめてみせるのだと強気に構える。

そして大会2日前、最強の応援団である妻子とともに沖縄入り。

NAHAマラソンは制限時間6時間15分なのだが、3時間15分という制限時間が設けられた中間地点の手前に急な上り坂がある。ヨタヨタでここに差し掛かるであろう自分に、娘から檄を飛ばしてもらおうと思ったのだ。

これで準備は整ったはずだった。が、なんたるちや！　ここで妻が嘔吐、発熱。ノロウイルス、しぶとく潜伏していたらしい。まずい、妻がこうだということは、ぼくにも潜伏している可能性がある。

頼むから終わるまで静かにしていてくれ。レース前夜、祈る気持ちで眠りについた。

午前9時、NAHAマラソンは予定通りスタート。ゼッケン番号1万6千番台（出走者数、約2万7千人）のぼくが国道58号線上のスタートラインをまたいだときには、号砲から18分が経過していた。

さあ、いよいよだ。大人数で走るためペースは超スロー。スピードのあるランナーならイラつくところだが、走力のないぼくにとってはありがたい。国際通りに入ると沿道には太鼓の音が響き、お祭りムードが一気に高まる。

沿道がにぎやかだと退屈する暇がない。また、前後左右に人がいるためペース云々を考える必要がない。そのせいか、練習時にはつらく思った走り出し2キロを、浮かれた気分のまま通過することができた。マラソンでは空腹や喉の渇きを感じてから補給していたらガソリン切れになると教わり、お守り代わりにバナナを1本握りしめているのだが、そんな些細なことも安心感に繋がっている。さしたる疲労もないまま5キロの表示板を無事通過。何よりいいのは呼吸がちっとも苦しくないことだ。どうしたんだ、もしかして絶好調なのか。

違った。遅いとは思ったが、５キロ走るのに40分近くかかっている。１キロ８分ペースって、そりゃラクなはずだ。

このままだと前半の21キロを１６８分かかる計算だ。制限時間は３時間15分だが、最初に18分ロスしているから計１８６分でギリギリセーフ……とはならないんだよ。このコースは前半がきつく、10キロを過ぎるとアップダウンが始まる。17キロあたりから上り坂が連続するので確実にペースが落ちるし、無理すると後半ガタガタになるからキツいと思えば迷わず歩けとアドバイスされているのだ。ぼくとしては残り６キロ地点をせめて２時間25分では通過したい。ということは、ここまでを１時間とすれば、あと10キロを１時間25分で走ればいいってことになる。でもそれだと精神的に追い込まれるから、えーと、えーと。

バナナをもぐもぐ食べ、給水所でコップを受け取り、残り時間を考えて走る。マラソンはけっこう忙しい。

ここで新たな事実が。５キロを過ぎたあたりから、歩く人が増えてきたのだ。ぼくはこれ、無理せず完走を目指す人たちの作戦だと思い、最初のうちは調子を合わせてゆっくり水を飲み干したりしていた。みんな笑顔だし、余裕しゃくしゃくに見えたからだ。

でも、ちょっとおかしい。いくらなんでもスローペースすぎる。これにつきあっていたら中間地点で足切り確実だ。

挽回しなければ。コンスタントに走っている人を探し、スピードを上げてその後をついていく。だが今度は尿意が高まってきた。仮設トイレを探すが、どこも行列ができている。こらえて走るうち10キロ地点に到着。たまらず列の後ろに並び10分のロス。くーっ、最悪だ。がんばった分がパーである。まずい。

15キロまでは歩かないぞと心に決め、再び走り出した。練習では10キロまでしか走っていないので、ここから先は未体験ゾーン。脚は徐々に重くなってきているが、まだバテてない。おやじロックバンドの演奏にヤジも飛ばせるし、沿道で手を掲げる子供たちとハイタッチもできる。「ちばれよ〜」の声援に「おー!」と答えている自分がいる。黒糖、塩、バナナがつぎつぎに差し出され、栄養補給も十分だ。

ただしペースは落ちる一方で、15キロ地点通過タイムは2時間半。中間地点の通過が微妙になってきた。まずいと思いつつ上り坂で立ち止まることが増え、呼吸が乱れ始めると、無理かもという弱気が襲ってくる。

自然に、ぼくは沿道沿いを走るようになっていた。沿道沿いは歩く人や立ち止まる人が多くて走るには不向きな代わり、熱烈な応援を受けられるのだ。

17キロ地点で、小さな子供が3人、塩を盛った皿を抱えて立っていた。ひとつまみもらうと「もっと取って、おいしい塩だよ！」と言う。思わず立ち止まって舐めてみたら本当にうまい。塩分がカラダに染み込んでいくようだ。

「これ持って走って下さい！」

子供に渡された塩を握りしめてまた脚を動かす。つま先が痛いのはマメができているのだろうか。

急な上り坂にあえぎ、下りではつま先の違和感に顔をしかめ、とにかく1歩ずつ前に出る。と、これまであまり経験したことのない、激しい感情が突き上げてきた。

ふざけんな！　中間地点もクリアせずに終われるか!!

沿道で声を出しているハチマキおやじがいたので「まだ間に合いますか」と尋ねてみた。

「走っていれば間に合うぞ！」

その一言でゼンマイのねじが巻かれたようになり、ぼくは沿道側から車道側に位置を変えて脚を踏み出した。塩をくれた子供とハチマキおやじの顔を交互に思い浮かべ、ひたすら先を急ぐ。

もう時計は見ない。ふざけんな、中間地点の手前では娘が待ってるはずだ。ここで一所懸命にならなくていつなるんだ。絶対に間に合う。走り続ければ間に合う。

制限時間10分前、中間地点についた。その手前で妻と娘の姿を見つけ「やったぞ!」と声をかける。冷たいドリンクをもらって一気に飲み干した。さあ後半だ。どこまで行けるかわからないが、完走目指してオレは行くのだ。

ただ、気がかりなのはつま先の状態である。やめておけばいいのに、マメの具合を確かめるべく、ぼくは靴を脱いでしまった。

「うっ……」

見たこともないほど巨大な血豆が右足にできていた。やばい。だがしょうがない。靴ヒモを締め直し、立ち上がって妻子に別れを告げる。

「じゃあ行ってくるわ」

一歩も動けなかった。根が生えたように、脚が固まってしまっているのだ。膝がまったく曲がらない。

「がんばったよ、今日は見直した」

妻がリタイアをすすめる。

「お父さんすごかったね、ね」

わけもわからず娘が言う。

ハーフ地点で、ぼくの初マラソンは終わった。悔しさより、なんで21キロも走れたのかという驚きを残して。

答えはわかっている。間違いなく声援や差し入れのおかげ。マラソン選手の感謝の言葉は本音である。優勝してないけど、ぼくは言いたい。

「実力以上に走ることができたのは沿道の皆さんのおかげです。来年こそ完走だ！」

あとがき　ドローの味は苦かった

出張で地方へ出かけるところだった。高速バスに乗るため某駅で電車を降り、カートを転がして階段へ向かうところでトントンと肩を叩かれ、振り向くとスーツ姿の大柄な男が立っていた。「いま俺の足、踏んだよね」、男はニヤリと笑い、ぼくのカートを見た。そういえばさっき、何かに乗り上げた感触がある。この人の足だったのか。これは自分が悪い。「失礼しました。気がつきませんでした」

頭を下げてすぐに階段のほうを向いたのは、ぼくのカートが軽いからだ。下着とノートしか入っていない。踏んだことはたしかだが、ケガはもちろん痛みさえないだろう。ぼくに声をかけたのは、足を踏んだのに謝りもしないことへの注意。そう考えた。だが、男はこう言ってぼくを引き止める。

「人の足踏んどいてそれだけかよ」

ん？

「そのカート、たいして重くないよね。イテテってほどじゃなかったよ。でも、俺も頑丈なほうでもないからさ」

何が言いたいのだろう。足元を見つめるが、ピカピカの革靴には踏まれた形跡などもちろんなく、痛みを感じている立ち方でもない。目線を上げて男を見ると相変わらずニヤニヤしているが、目は笑っておらず、チンピラ風の雰囲気だった。再度謝り、カートを手に持って立ち去る意志を示すと、また一言。

「万一、骨にヒビが入ってるってこともあるじゃん」

もしかして、これは絡まれているってことだろうか。そうだよな。ぼくはいま、チンピラの兄ちゃんに絡まれているのだ。まるで安っぽいテレビドラマのワンシーンのように。

これは面倒なことになってきた。最初に謝ったときに、さっさと階段を下りるべきだったか。振り向いてしまったからなあ。

恐怖感はない。午前中のホームでの出来事である。兄ちゃんはシラフだし、通行人の目もある。いきなり暴力を振るわれることはないだろう。ただ、困った。どうすれば穏便に済ませられるのかがわからず、兄ちゃんをじっと見つめることになる。とくに理由もなく、目をそらせたらダメだと思ったのだ。

「そうでないとしても後から痛むとやっかいだからさ。湿布でもしときたいよね」

そういうことか。兄ちゃんは暗に慰謝料を要求しているのだ。笑顔を保っているのは周囲にトラブルだと悟られないため。場慣れした感じがするのは、しょっちゅうこういう絡み方をしているからかもしれない。その手に乗るわけにはいかないが、どうすればいいか。

ここで騒ぎだせば良かったのに、ぼくは躊躇した。そして、間抜けな提案をしてしまう。「構内に薬局がありますよ。湿布薬、売ってますから」

額面通りに受け取ってケムに巻こうと猿知恵を働かせたつもりだったが、それなら相手が一枚上である。

「いやいや、行きつけの医者に診てもらいたいから駅じゃダメだよ。歩いて10分かかるかな。足をかばってたら、もっとかな」

言いながらグッと身を寄せ、ぼくを睨む。

「これから仕事なのでその時間はないんです」「だったら名刺くれれば後から連絡するよ」「名刺はないんですよ」「いま仕事だって言っただろうが。名刺くらい持ってんだろ！」「ないんですよ」

しかし、なんだってコイツはこんなにしつこいのだろう。答えはすぐわかる。ぼくがカモに見えているからだ。脅せば金になる気弱なオヤジだと踏んでいるからだ。そして実際、ぼくはジリジリ押され気味なのである。いくら巻き上げるつもりなのか。有り金全部か。まさか、駅でそこまではやらないだろう。せいぜい1万円。そんなところか。3万円ほど持っているから、そうなったとしても出張はできるな……。

何を計算してるんだ。ケガなどしているわけがない相手に一円たりとも払うべきじゃない。それより、男が本格的に怒りだしたらどうするかだ。交番はどこにあったっけ。話しながらでも、交番に接近する方法はないのか。

あ、バス。バスの時間は何時だっけ。余裕を持って家を出たはずだが、そろそろケリをつけなければ乗り遅れてしまいそうだ。思わずコートの上からサイフの感触をたしかめた。出がけに見たとき、千円札が数枚あった気がする。あれを渡して勘弁してもらおうか。バカな、何を考えてるんだ。

心の中ではめまぐるしく考えているのだが、相手から見れば黙っているだけ。焦れた兄ちゃんがとうとう商談を始めた。

「しょうがねえな、名刺も持ってないし時間もないならひとりで医者行くわ。で、相談なんだけど少し医者代を面倒見てもらえると助かるんだけどな」

怒るなり声を上げるなりして周囲に危険を知らせるならいましかない。だが、声が出ない。騒げない。やはり、どこかで相手を恐れているのだ。なんで毅然と拒否しないのか。こんなことだからつけ込まれてしまうのだ。

猛然と自分への怒りが込み上げてきた。このままではやられる。仕留められる。でも待て。兄ちゃんだって余裕はないはずだ。放っておけば金額を口にする。チャンスはそのときだ。

さらに黙っていると、とうとう兄ちゃんが言った。

「ま、大丈夫だろうし、千円ももらえれば」

きた！　これだけ粘った末とは思えぬリーズナブルな金額だ。違うな。1万円ならとんでもないと騒ぎだしかねないが、たぶん千円ならと出す人間がいるのだ。絶妙の落としどころなのである。「ここじゃみんなの邪魔になるから階段の下へ行きましょうよ」。やっと声が出た。足も動く。階段を下りながら、ついてこようとする兄ちゃんに叫ぶ。

「千円って言いましたか、言いましたよね。現金を出せと言うことですか。それはマズいでしょ。お金払ったら、脅されて渡したことになるんじゃないかなあ。そうなったら兄さん、犯罪者にさせちゃいかねない。どうなんだろ。警察行って相談してみましょうよ」

かまわず階段を下り、振り返ると男の姿は消えていた。

はぁ〜。全身の力が抜け、脇の下を汗が流れ落ちていく。

安堵してバスに乗り込み、しばらくしてから震えるほどの失望感に襲われた。かろうじてドローに持ち込むことができたと喜んでいる場合じゃない。たまたま、被害を免れたにすぎないのだ。もし、夜の人目のないところで因縁をつけられたら、ぼくは金をむしり取られていただろう。申し分のないカモとして。

まだまだだと思う。わかったような顔をし、経験に物を言わせてそれらしい振る舞いができたって、いざとなったらこのザマである。

もっとマシな大人に。動じない自分に。これから先も、課題は山積みである。

『週刊文春』の菊地光一郎氏から連載コラムを依頼され、2008年の1年間、生活の中で気になったことをやってみたり観察しては、その結果を報告した。多少はアイデアを温めてからスタートした連載だったが、たちまち締め切りに追われるようになり、息つく暇もなかった。やってみたが結果が出せないことが続き、もうダメかと思うところで数カ月かけて準備したことが実を結ぶような、スリル満点の展開になったこともある。結果が出たものから発表していたものを、本書ではジャンル（というほど明快ではないけれど)ごとに分け、整理してみた。そのため、発表の時期が前後しているものもあるが、ほぼ似たような時期ということでご容赦願いたい。

執筆後、動きがあったものもあるのでいくつか報告しておこう。

まず、そっと畳んで衣装ケースの奥にしまったブラジャーはそれからも装着する気になれず、貰い手も現れず、2009年末に処分。深夜、ひとり寂しくハサミで切った。

会社を辞めて家族の元へ戻った友人Aは、しばらくして再就職先が決まり、みるみる元気を取り戻した。現在は自宅通勤。あの決断は正しかったのだ。「日本に本の町を作ろう計画」の足がかりとなる長野県の古本屋経営は、伊那市の高遠という町で現在も継続中。2009年夏にはブックフェスティバルを開催し、今後も継続していきたいと考えている。

雑誌『オレキバ』は無事に創刊されたものの、営業面では苦戦したようで、第2号をもって廃刊になってしまった。とても残念だが、オヤジ編集者の奮闘する姿に刺激されたこともあり、ぼくは自分で雑誌を作ることを決めた。2010年秋には『レポ』という誌名で創刊の予定である。リストラされた〝多摩ディラン〟はいまだ浪人中。ときどきライブで歌っている。交通事故で廃車寸前になったクルマは修理で蘇ったものの09年に廃車となり、新車に乗り換えた。そのクルマがすでに傷を負っているのは言うまでもない。

そしてマラソン。雪辱を期して挑んだ09年のNAHAマラソンで、今度はハーフの制限時間を切れず、連続リタイアというぶざまな結果となった。当然このまま終われるはずがない。負けを認めないかぎり負けではないのだと屁理屈をこね、今年は方角を変えて北海道の千歳マラソンに出るつもりである。沿道の声援力を確認するのが目的で始まったマラソン挑戦だが、いまはもう、走ることの楽しさがわかりつつあると強がっておきたい。

『週刊文春』連載時の担当は矢﨑英子氏と角田国彦氏だった。矢﨑氏にはブラ男になるとき買い物につき合って貰い、ゴージャスなブラを見立てていただいた。捨てちゃってスミマセン。角田氏はNAHAマラソンに同行。見事に完走したばかりか2回目のチャレンジも、次回の北海道でも走ることになってしまった。見届けなければと思っているらしく、会うたびに「早く完走してぼくを解放してください」と頼まれている。イラストは南奈央子氏。毎回、なぜか目線入りのひねったイラストで楽しませていただいた。

単行本の担当者は渡邉庸三氏。大好きな画家、アンリ・ルソーの絵を挿画に使いたいという希望を聞き入れてもらい、とれもうれしい。その絵をうまく配したブックデザインに仕上げてくれたのは野中深雪氏だ。

那覇を一緒に走ったマラソン師匠の佐川嘉博氏、メタボ一掃ランナー森正明氏が自己記録を更新することを願う。ときどき登場してはイイ味を出してくれた妻と娘にも感謝だ。

最後に、ここまで読んでいただいた読者の方々、ありがとうございます。スローボールなんでじりじりしたかもしれませんが、これに懲りず。再見。

二〇一〇年四月　　　　北尾トロ

［付記］

単行本が発行されてから四年経ち、今回文庫化するにあたり、書名と装丁を一新しました。ブラ男への変更で本当に良かったのか、と思われそうですが、『週刊文春』連載時、悩んだ末に考えついた思い出深いタイトルであります。装画もルソーから、南奈央子さんに変わっています。

四年の間に、ぼくは東京から松本に移住しました。『オレキバ』が廃刊したので意志を継いで『季刊レポ』というノンフィクション雑誌を創刊したり、何を思ったか狩猟免許を取得して猟師になったりしています。そうそう、二〇一一年には与論マラソンを完走しました。直後に東日本大震災が起き、祝賀パーティーはおあずけのままです。いつかまた完走してやろうと思ってます。

二〇一四年三月　　　　雪の残る松本の自宅にて　北尾トロ

文春文庫

ブラ男《お》の気《き》持《も》ちがわかるかい？

定価はカバーに
表示してあります

2014年4月10日　第1刷

著　者　北《きた》尾《お》トロ
発行者　羽鳥好之
発行所　株式会社 文藝春秋

東京都千代田区紀尾井町 3-23　〒102-8008
TEL 03・3265・1211
文藝春秋ホームページ　http://www.bunshun.co.jp

落丁、乱丁本は、お手数ですが小社製作部宛お送り下さい。送料小社負担でお取替致します。

印刷製本・凸版印刷

Printed in Japan
ISBN978-4-16-790085-4